让女孩
拥有美好性格
的62个故事

徐井才◎主编

新华出版社

图书在版编目（CIP）数据

让女孩拥有美好性格的 62 个故事/徐井才主编.
—北京：新华出版社，2013.2（2023.3重印）
ISBN 978－7－5166－0364－2－01
Ⅰ.①让… Ⅱ.①徐… Ⅲ.①儿童故事—作品集—世界 Ⅳ.①I18
中国版本图书馆 CIP 数据核字（2013）第 024796 号

让女孩拥有美好性格的 **62 个故事**

主　　编：徐井才

封面设计：睿莎浩影文化传媒　　　　责任编辑：沈文娟

出版发行：新华出版社
地　　址：北京石景山区京原路 8 号　　　　邮　　编：100040
网　　址：http：//www.xinhuapub.com
经　　销：新华书店
购书热线：010－63077122　　**中国新闻书店购书热线：**010－63072012

照　　排：北京东方视点数据技术有限公司
印　　刷：永清县晔盛亚胶印有限公司

成品尺寸：165mm×230mm
印　　张：12　　　　　　字　　数：160 千字
版　　次：2013 年 3 月第一版　　印　　次：2023年3月第三次印刷
书　　号：ISBN 978－7－5166－0364－2－01
定　　价：36.00 元

第一章 自尊自爱的女孩最受人尊重

第二章 自信乐观的女孩最能感染人

第三章　勇敢坚强的女孩最让人敬佩

第四章　真诚善良的女孩最有好人缘

第五章　沉静细腻的女孩最有气质

第六章　自强不息的女孩最具成功特质

第七章 独立自主的女孩最具个性魅力

第八章 宽容诚实的女孩最值得信赖

第一章
自尊自爱的女孩最受人尊重

以前的我

不行，腿太粗，还是不能穿裙子。

我站在镜子前，把裙子往身上比划着。

我羡慕地看着舞蹈队的同学。

现在的我

我自信地换上了裙子。

身体是我自己的，只要我爱她就能穿出自信来。

和同学们一起跳舞。

以前的我

妈妈正在翻看我的抽屉。

我是你妈妈，我可以看。

被我发现了。

现在的我

我上前去关上抽屉。

我要保护我的隐私。

我认真地跟妈妈沟通。

以前的我

同学们围在一起给别的同学起外号。

同学们指着我，给我起外号，叫我"麻花"，我尴尬地从他们身边走过。

现在的我

我鼓起勇气告诉他们："起外号伤害到我了。"

他们不好意思地向我道歉。

◀ 以前的我

有个女同学被我们冷落。

那个女同学忧郁地独自放学回家。

◀ 现在的我

我站在女同学前面为她打抱不平。

我放学主动和那个女同学一起走，女同学很感动地牵着我的手。

我的成长计划书

自尊自爱的女孩最受人尊重

以前的我，从来都没有想过自己应该如何自尊自爱，因为我从小就在爸爸妈妈的呵护中长大，从来没有任何事情会挑战到我的尊严，但是当我阅读到著名小说《简·爱》之后，才发现自尊自爱对于一个女孩子是多么重要的品质啊！所以，从今天起，我要做一个懂得自尊自爱的女孩。

1. 我要珍惜自己的名誉，不做任何让自己名誉受损的事情。

2. 对于有损我尊严的事情，我要坚决抵制。

3. 我的自尊心告诉我，不能让同一错误在我身上发生两次。

4. 我不能去奉承任何一个我并不钦佩的人，那是不自爱的表现。

5. 任何时候，我都要倾听自己的感受，不做违背自己原则的事。

6. 注意自己的仪表，让自己干净整洁，

   也是自爱的一种表现。

弯腰拉起的尊严

第一次世界大战后不久，法国巴黎街头，有一个卖艺的姑娘。她用小提琴拉出一曲又一曲动听的曲子，吸引了许多行人驻足聆听。

这个女孩来自挪威，不远千里来报考巴黎音乐学院，但很不走运她没有被录取。在这个大都市里，她带的钱很快就用光了，只好用自己所长来挣点钱，聊以糊口。曲终，人们纷纷往琴盒里放钱。

有一个贵族青年正好带着自己的女朋友从此路过，于是就想羞辱一下这个小提琴手。他故意将钱扔在小提琴手的脚下，转身就走。

结果，还没等他走出一步，小提琴手弯腰把钱捡起来，喊住贵族青年说："先生，你的钱掉了。"边说边把钱递了过去。

贵族青年不屑地接过钱来，又鄙夷地扔回小提琴手的脚下，不客气地说："我已经给你了，这是你的钱。"小提琴手看了看他，旋即鞠了个躬："谢谢先生的资助！刚才，你的钱掉在地上，我为你捡起来了。现在，我的钱掉在了地上，也请你帮我捡起来！"这个要求从姑娘的嘴里说出来，带着一种不可抗拒的力量。

周围的人都目不转睛地看着他们。贵族青年羞愧万分，只好弯下腰，无奈地将钱从小提琴手脚下捡起来，放进了琴盒。大家不禁为这个姑娘鼓起掌来。

人群中有一个人微笑着点了点头。他也是被小提琴手悠扬的琴声吸引过来的，看到了事情的整个经过。他碰巧又是巴黎音乐学院的教授。

凯蒂猫(Hello Kitty)

Hello Kitty住在英国伦敦近郊小镇的一所红屋顶小白屋，离伦敦市中心(泰晤士河)20公里的地方。小镇上约有2万多人口，她的祖父母居住在附近一个森林里，只要一天的时间就足够步行过去。放假时，爸爸会开车带着家人一起去探望爷爷奶奶。Kitty的学校位于伦敦市，离家4公里。Kitty每天都乘巴士上学，只需三站即可到达。现在，Kitty猫已经30多岁了，这对一只猫来说是够老的了。

他在这个平凡的姑娘身上发现作为一个艺术家所应有的尊严，他备受感动，因为在他眼里，一个艺术家不管技艺多么高超，最关键的还是他的人品，只有一个人品出众的艺术家才能演奏出动人心魄的音乐来。

不久，他将那小提琴手带回了学院，向院长郑重推荐。院长给了这个姑娘一次机会，让她重考，她最终被录取了。

这位挪威姑娘叫比尔撒丁，后来成为了挪威著名的音乐家。她的成功一方面是因为她在音乐上具有无比优越的天赋，另一方面也和她的个人品质有关系，正是因为她的自尊自爱，让她即使在街头卖艺也会保持自己的尊严，而这种自尊正是一个高贵的艺术家所应拥有的。所以当她的老师在街头遇到她的时候，才会如此欣赏这个平凡的姑娘。也正因为她的自爱，让她获得了又一次进入学校学习的机会，从而改变了她的人生。

成长课堂

每个人都有尊严，每个人都必须维护自己的尊严，同时也要维护别人的尊严。尊严，是每个人生存的底线。不管社会角色是卑微还是高贵，每个人都有不可剥夺的尊严。

优秀女孩宣言

我要靠自己的双手去创造生活，做一个被人尊敬的人。

真正的礼仪

一位教授正在给一群留学生上礼仪课，由于学生都来自不同的国家，所以大家听得都很认真。

"礼仪就是从细小的地方开始做起。比如说我刚才走进教室的时候，轻轻地敲了门。"教授告诉他的学生，"敲门是有讲究的：敲一声，代表试探；敲两声，代表等待对方应答；敲三声，代表询问。而在现实生活中，有八成以上的人是不知道如何敲门的。"

原来一个简单的敲门动作都有着这么多的学问，学生们的兴趣一下子就被提了起来，现场的气氛也开始活跃了，教授的讲述让他们发现生活中原来有很多的礼仪是自己忽略了的。

接着，教授在课堂上做了一次互动，他邀请了一位在场的女生来和自己配合，其实所要表演的部分很简单，就是一个日常生活中经常会看到的送外卖的情节。这名女生扮演的是餐厅外卖人员，她将送一块披萨到这位教授的家里。教授希望这个常见的情景可以唤起大家对于自己日常礼仪的思索。

女学生很开心地站起来，走上台去和教授一起表演。"服务员""咚咚咚"敲了三下门，进门后把外卖轻轻地放在桌子上。教授当场指出了"服务员"的问题：敲门声太重，没有表明自己的身份；也没自带一次性鞋套套住鞋子，弄脏了主人家的地板。于是，那名女学生按照教授的指点又表演了一次。

女学生按照教授的要求，轻轻地敲门，得到允许之后，她打开门并给自己套上了一次性的鞋套，以免弄脏了主人家的地板。然后她表明了自己的身份，说明了自己是来做什么的，得到主人的回应之后，她走进来，把外卖放到了教授的桌子上，然后向教

女孩卡片

最爱芭比(Barbie)

芭比娃娃是所有女孩儿钟爱的玩具,她承载了全世界女孩儿的"公主"情结:漂亮的身材、都市女郎的品位、各种令人羡慕的职业、健康的生活方式,还有世界各地不同种族的朋友。芭比不仅仅是世界上最著名的时尚玩偶,还是不同时期文化的符号。这个介于小女孩和成年女子之间的美国少女,是世界玩具史上畅销最久的玩具,成为全世界男女老少的心爱之物。

授告别,准备离去。

这些环节一个个都完成之后,她却没有按照教授的要求离开。那名女学生仍站在讲台上看着教授,似乎自己还没有表演结束似的。

教授提醒她可以下台了。这时,她认真地对教授说:"老师,如果有人给我送外卖,我不会让他换鞋,我宁可自己再拖一次地板,因为那样会伤害那个人的自尊心。还有,对方离开的时候,我会真诚地对他说一声谢谢。"

教授愣了一会儿,继而真诚地说了一句:"你说得对,谢谢你。"

讲台下响起了热烈的掌声。

成长课堂

人与人之间是平等的,需要相互尊重。在与人交往的过程中,不要一味地要求对方怎么样,而应该退一步想一想自己为对方做了什么。尊重对方就应该体现在你的一举一动中,哪怕一句话,只要是诚挚的,也就是最人性的。

优秀女孩宣言

没错,诚挚的心应该是属于每一个人的,它没有任何等级区分。

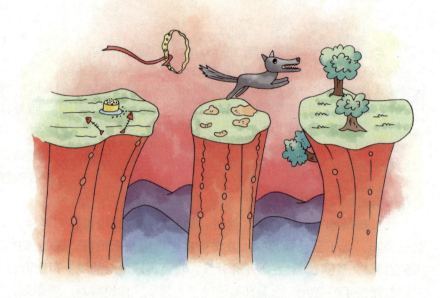

不愿戴项圈的狼

一只狼饿得只剩皮包骨，因为有那么多的狗对他进行严密的监视，他吃不到任何东西。偶然中，他碰到了一只很强壮、很体面的大狗，胖胖的，毛色光亮。由于不小心，这只狗迷了路，饿狼想袭击他，把他撕碎。

但那只牧狗是那样强壮有力，他的抵抗一定会猛烈无比。于是这只狼低声下气地去接近他，在交谈的过程中称赞他长得很强壮，并且说自己很羡慕他。

牧狗回答说："狼先生，要想和我一样胖，这完全在你自己，离开树林吧，你会过得很好的。在这里你们的日子过得是多么凄惨，你们像乞丐一样，穷极寒酸。你们的命运就是活活饿死，因为你们毫无保证，没有免费的饭菜，一切全靠武力去夺来。跟我走吧，你就会大大地改善你的命运。"

狼回答说："那我应该干些什么？"

收狗说："什么都不用干，你只要赶走乞丐，去拍家里人的马屁，讨主人的喜欢。这样你所得到的报酬，就是各式各样的残羹剩饭，鸽子骨头鸡骨头，还有那千百次的爱抚。"

狼已在想象那种快乐，这使激动得流下了眼泪。这是多么大的诱惑啊，他想起自己为了追逐一只野兔，曾经跑过了无数座山，但是那只受伤的野兔还是没有停下来。为了这一顿美餐，他忍受着饥饿和寒风，忍受着奔波的苦楚，最后经过了几天几夜的追逐，他才逮住了兔子，虽然吃得美味，但是相比牧犬不需要做什么就可以得到这么多食物，自己真应该好好反思一下了。

回去的路上，狼一直都在听着狗说着自己的丰功伟绩，以及所得到的无数美食。这些食物来得太容易了，狗根本不需要付出多大的努力，就会被赏赐，但是狼却无意中一回头看到狗脖子上的毛已全部脱光，他问："这是什么？"

"没什么，这不值得一说。"狗的神情有一丝尴尬，但是他似乎不愿意提及这件事。

"究竟是什么呢？"狗越是不说，狼就越是好奇，他忍不住想知道，既然狗的生活这么好，为什么还会有一圈脱毛的脖子却没有被他的主人发现呢？

"你看到的也许是我那戴过颈圈的地方。"狗不好意思地说，但是紧接着他又骄傲地仰起头来，似乎不以为意。

"戴颈圈？"狼说，"那你就不能自由自在地跑来跑去？"

"不总是这样。但这又有什么关系？"狗一副无所谓的样子。

"这大有关系。你那各式各样的饭菜我一概不稀罕，花那样的代价我也宁可不要。"

说着，狼拔腿就逃，转眼间便不见了踪影。

狼是一种自尊的动物，它们的世界里自由是如此的珍贵，如果是为了食物而舍弃自己，被人用项圈固定着，那么对它们来说是一种屈辱。所以，狼不会为了嗟来之食而不顾尊严地向主人摇头晃尾。

成长课堂

出卖自我和尊严换来的食物在狼的眼里是如此的不值得，对于他来说自由和尊严比什么都重要，即使为了它们需要长途跋涉付出艰辛的努力，也不足惜。

优秀女孩宣言

在尊严和食物面前，我应该像狼那样，有一颗骄傲的心。

"黑气球"也能飞上天

一个冬日，公园里有几个白人小孩正玩得高兴。这时，一位穿着可爱米老鼠服装的人进了公园，他手里抓着一大把五颜六色的氢气球沿路叫卖。白人孩子一窝蜂地跑过去，每人买了一个，兴高采烈地追逐打闹着。不一会儿，他们一起把气球放飞在天空中，美丽极了。

这时在公园的一个角落，蹲着一个黑人小女孩，她羡慕地看着白人小孩嬉笑，但她不敢和他们一起玩，因为他们是白人，而她是黑人。她没有信心与白人小孩一起玩。她觉得自己会被他们排斥，也许他们还会朝自己丢石头，如果是那样的话，实在太恐怖了，想一想她都会觉得害怕起来。这一切都是因为她的黑色皮肤。

当白人小孩的身影消失后，黑人小女孩才怯生生地走到"米老鼠"的身旁，用略带恳求的语气问道："您可以卖给我一个气球吗？"

"米老鼠"用慈祥的目光打量了她一下，温和地说："当然可以。你想要什么颜色的？"

黑人小女孩鼓起勇气说："我要一个黑色的。""米老鼠"这时摘下头套，惊诧地看着小女孩，原来"米老鼠"是一位慈祥的老爷爷。老爷爷一下子送给她3个黑色的氢气球。黑人小女孩开心地拿过气球，小手一松，黑气球在微风中冉冉升起，在蓝天白云的映衬下，黑色的气球成了一道别样的风景。

老爷爷一边眯着眼睛看着气球升起，一边用手轻轻地拍了拍小女孩的后脑勺，说："记住，气球能升起，不是因为它的颜色和形状，而是气球内充满了氢气。一个人的成败不是因为种族、出身，关键是你的心中有没有自信，能否

女孩卡片

美国娃娃(American Girl)

American Girl是个美国洋娃娃品牌，娃娃比芭比娃娃大多了，大概18英寸高，是7岁以上小女孩喜欢的娃娃之一。每个娃娃都有自己的故事，而且是生活在过去不同年代的女孩儿，其中有Samantha、Kirsten、Felicity、Addy(黑人娃娃)、Josefina(南美洲娃娃)等等。

认识到你自己的价值！"

这世界对所有人都是公平的，不会因为种族、肤色的不同而厚此薄彼。只要心中有坚定的信念和骄傲的自尊，相信这个人就一定会赢得人们的尊重。即便是一个黑皮肤的小女孩，只要她认识到自己的价值，并鼓起勇气去面对自己所应该面对的世界，那么世界也一定会给她同等的机会。

一个人的成功来源于他的内心，而不关乎他的外在。黑气球不因为自己是黑色而飞不到天上去，它可以飞得一样的高一样的远，而它也爱自己这一身的黑色，因为这黑色，它才显得那么与众不同。

 成长课堂

我们生活的世界有很多不公平的地方，但是它不能阻碍优秀的人成才。一个对自己充满信心的人，是可以将所有的障碍都扫平的，他们认为自己是最优秀的，也认为自己可以成就一番事业，并不会因为自身的不足而否定自己，这就是自爱的最大表现。

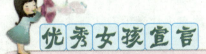 优秀女孩宣言

我要把自己定位到最优秀的位置，并为之付出不懈的努力。

赢得命运的十分

她17岁，脸上总是带着明亮的微笑。这样的微笑出现在像她这样一个由于大脑性麻痹而产生肌肉僵硬的人的脸上是很不寻常的，因为她身体的大部分肌肉她自己都很难控制。由于她在说话方面存在着障碍，因此她那明亮的微笑更加显示了她那纯正的个性—— 一个了不起的孩子。人们经常看到她挂着助步架(病残人用的)艰难地走在拥挤的学校走廊上。人们大都不去和她说话，为什么？谁知道呢，也许是因为她看起来和别人不一样，别的学生不知该如何去接近她。走在学校的走廊上，蒂娜通常会主动打破她和遇到的同学之间的沉默，大声而愉快地招呼一声"嗨"。

那天老师布置的作业是背诵一首叫作"不要放弃"的三节诗，她只为这项作业定了十分，老师想大多数学生都不会去背诵它。在她自己还是个学生的时候，如果老师布置一个只值十分的家庭作业，她也许就会自动把它放弃。因此老师也不能对今天的青少年寄予太大的期望。蒂娜是这个班上的学生，老师看到她脸上的微笑与以往不一样，其中多了一份担心，"不必担心，蒂娜，"她在心里说，"它只值十分。"

到了检查作业那天，老师翻着花名册，依次点名让学生们站到讲台上背诵。果然被她料中了，学生们一个个都背不出这首诗。"对不起，"他们的回答如出一辙，"反正它只有十分……不是吗？"终于在一种失望、颓丧的心态下，老师半开玩笑地宣布，下一个不能完整地背出这首诗的学生必须趴在地上做十个俯卧撑。这是她从她的体育老师那里学到的惩罚手段，令她吃惊的是，下一个学生是蒂娜。蒂娜挂着助步架费力地走到讲台上，一字一字地开始费力地背诵起来，她在第一个小节的末尾犯了个错误。老师还没来得及说什么，她就把助步架扔到了一边，跌倒在地板上，开始做俯卧撑。老师感到很惊讶，想说："蒂娜，我只是说着玩儿的！"但是她已经爬回到她的助步架上，重新站在全班同学的面前，继续她的背诵。她完整地背完了这首三节诗，那天能够完整地背出这首诗的只有少数几个学生，而蒂娜就是其中之一。

当她背完之后，一个同学大声问她："蒂娜，你为什么要那么做呢？它只不过才十分！"

蒂娜一字一顿地说："因为我想和你们一样——做一个正常人。"听到蒂娜的回答，整个教室里顿时鸦雀无声。这时，另一个学生叫道："蒂娜，我们都不是正常人，我们还只是十几岁的孩子，我们随时都会遇到困难。""我知道。"蒂娜说着，脸上展开一个明亮的微笑。

那天，蒂娜得到了属于她的十分。同时，她也得到了其他同学的喜爱和尊重。对她来说，她赢得了她一生的命运，而不只是十分那么简单。

成长课堂

蒂娜的勇敢是来自于她不愿意做一个特殊的人，虽然她的身体特殊，可是她拥有一颗正常人的心，甚至比正常人还多了一份开朗和自信。她做到了别人做不到的事，这是她的宣言，也是她的行动。我们又有什么理由不去对自己提出这样的要求呢？

优秀女孩宣言

对自己提出更高的要求，我要让自己变得更优秀。

它也值 20 美元

一家宠物店门口挂着一块牌子，上面写着几个字："出售刚满月腊肠狗"。

这时，一个小女孩走了进来，她怯怯地问道："我可以看看那些准备出售的小狗吗？"

一个女士微笑着说："当然可以，孩子。"说完，她转身从一个狗舍里取出一个铺得很柔软的盒子。那里面躺着6只毛茸茸的小狗，3只黑颜色的，3只黄褐色的，可爱极了。小狗们都睡着了。

小女孩问："小姐，你的小狗多少钱一只？"

"很便宜的，只卖20美元。"

"这样啊。"小女孩没有继续说下去，只是蹲下身来逗弄这些活泼可爱的小狗。小狗们陆续都被弄醒了，爬来爬去，憨态可掬。她看到有一只小狗一直没有动，虽然它也在努力地爬，但一点儿用也没有，它的腿似乎有些问题。

"这只小狗怎么了？"小女孩问道。

"它的一条腿瘸了，它一出生就这样。医生说没有办法治疗了。"那位女士有些惋惜地说道。

"我想买这只小狗。"小女孩说。她的眼睛盯着那只可怜的小狗，发出了一种异样的光芒，似乎这正是一只她寻找了很久的小狗一样，他们终于见面了，所以她想买下它来，带回家，让它和她在一起。

"这只小狗不卖。"那位女士想了一下，说，"如果你想要的话，我可以把它送给你！"女士不想欺骗这个小女孩，因为那只小狗确实有点儿问题，它的腿注定它不能像其他的狗一样奔跑，那将会是一件无比残酷的事，没有人愿意养一只不会跑的狗。

"不！"小女孩认真地看着对方，一字一句地说："我不需要您的赠予。这只小狗应该和别的小狗一样，它也值20美元！"小女孩的眼里闪动着倔强的光，因为女士的话，她似乎有一些生气，因为她想证明一些什么，她不希望这只可怜的小狗被特殊对待。

"但它的腿不好，不可能像别的小狗那样蹦蹦跳跳地陪你玩儿。"小女孩低着头，轻声说道："我自己也不能蹦蹦跳跳了。这只小狗正需要一个理解它的人，给它一份关爱。"说完，她卷起裤脚，露出一条严重畸形的腿。"我的钱不够，我先付5美元，其余的钱我在3周后给您送来。可以吗？"

那位女士点了点头，说："孩子，我相信你。"女士看着小女孩蹒跚地走远，她终于明白小女孩为什么那么想拥有这只狗了。她的心里觉得很温暖，嘴角带着笑，但是眼睛却忍不住流下了眼泪。

成长课堂

善良和同情尽管是人类的自然本性，但对于那些弱者来说，他们更需要的是平等、自尊和尊严，也就是对其人格的尊重。真正的善良，并非自上而下的施舍，而是一种能把万物苍生视为同一高度，并真正去尊重的情怀。人性的可贵，莫过于此。

优秀女孩宣言

不管在什么时候，我都要给予那些弱者以尊严，这才是给他们真正的善良和关怀。

读了这么多精彩的故事，和故事中的主人公比起来，你觉得自己能成为一个自尊自爱的女孩吗？不妨来训练营锻炼一下自己吧！

一次被拒绝的演讲

谢雨绮同学是一个演讲高手，她所参加的每一次演讲比赛都会获得很好的成绩，所以这一次当有一家企业赞助我们学校举办一次演讲比赛的时候，班上同学都推举她代表我们班去参加比赛，我们相信，她一定可以获得很好的成绩。

果然不负我们的希望，谢雨绮是一个认真负责的女孩，她准备了详细的资料，查阅了不少的书籍，撰写了一篇激动人心的演讲稿。在初赛之中，谢雨绮就获得了很好的成绩，让所有人对她刮目相看。

但是就在决赛快要到来的时候，谢雨绮忽然对老师说她要退出比赛。这个消息让我们大家都大吃一惊，急忙跑去问她为什么会这么做。

同学们，你们知道谢雨绮为什么要退出比赛吗？

答案在184页

《谦虚让她更优秀》答案：

带着这个问题，同学们去向蔡飞雨请教，谁知道她却笑了笑，说："在数学的世界里，我不懂的问题还有很多呢。虽然我们已经学习了很多的知识，可这些知识在数学的海洋中又能算得了什么呢？那只是一个小浪花而已。"

同学们说："可是你的数学成绩已经那么好了，为什么还有那么多的问题呢？"

蔡飞雨说："我的数学成绩如果能有一点点的进步，那正是因为我问的问题多的缘故，多问问题可以让我懂得更多一些。而如果我认为自己的成绩足够好了而不去问问题，那我只能退步了。所以，我们一定要谦虚啊。"

第二章
自信乐观的女孩最能感染人

以前的我

这次考试，我心里一点儿底儿都没有。

站在考场教室门口，我紧张得直冒汗。

惨了，要考不好的话我就没法继续念书了。

考试遇到难题时，我都快急哭了。

现在的我

我准备得很充分，没问题的。

我信心满满地走进考场。

考得好不好都没有关系，只要我尽力了。

我和同学边走边聊。

让女孩拥有美好性格的 62个 故事

以前的我

运动会长跑比赛时，同学们都来为我加油。

我紧张得腿都要抽筋了。

现在的我

我自信地向同学们保证。

我穿着比赛服装，做准备活动。

以前的我

老师在课堂上表扬画画画得好的同学。

唉，看来我没有这方面的天赋。

没有得到老师的表扬，我很沮丧。

现在的我

我看画得好的同学的作品，认真请教。

只要我喜欢，我就要一直画下去。

我努力画画。

以前的我

每次我唱歌，同学们都夸我唱得很好听。

万一到时候唱不好，多丢脸啊！

老师让我在歌唱比赛时领唱，我却推掉了。

现在的我

我自信满满地站在领唱的位置上放声高歌。

我们的合唱赢得了观众的阵阵掌声。

我的成长计划书

自信乐观的女孩最能感染人

几乎每一个人都会遇到或大或小的苦难和挫折，而这正是我们成长过程中所需要的，我们在这大大小小的挫折中得到磨炼和成长。刚开始我总是极力逃避这些困难，以至于做任何事情都畏缩不前，没有信心。现在，我要改变自己，鼓起勇气去面对困难、战胜困难，我要汲取自信的力量好好把握属于我的机会。所以从今天开始，我要做一个自信乐观的优秀女孩：

1. 不管做什么事情，都对自己说"你是最优秀的"，并积极认真地去做。

2. 在接到爸爸给我的任务时，我不能总是说"我不会"，下一次，我要说"我可以"。

3. 明白自己的优势，抓住每一个能放大它们的机会表现自己。

4. 下一次布置活动，我要勇敢地对老师说："我可以！"而不是缩到人群的后面。

5. 这个学期学校举行的演讲比赛，我相信通过努力我一定能取得好名次！

6. 每一天出门前，我要对着镜子露出灿烂的微笑，告诉自己"我是最棒的"。

让女孩拥有美好性格的 62个故事

让心灵洒满

自信的阳光

我乘坐305路公交车去拜访一位朋友。途中，上来了一个戴眼镜的女孩。她在我身边的位置上坐下，然后从背包里掏出一把口琴来。

她先是找了一下感觉，而后很自然地吹了起来。她吹的曲子，都是一些过去很流行的歌曲。第一支曲子是《莫斯科郊外的晚上》，接着是《北国之春》《我的中国心》……

那悠扬的口琴声，在整个车厢里回荡着。我被深深地打动了，记忆里自己好像很久没有听到口琴的吹奏了，而现在街头萦绕着的大都是周杰伦、王菲等众多流行歌手的歌声。

口琴是属于童年时代的回声——我静静地欣赏着她的吹奏。车窗外那繁华的街市，在我的眼中渐渐迷离了。我的心，仿佛又飞回那绿油油的，开满或粉或白花儿的豌豆地。

此时，跟我一样被迷醉的乘客好像还有很多，有些乘客则朝女孩投过来一种好奇和羡慕的目光。

趁她换奏的间隙，我问她："你吹得很专业，你是学音乐的吗？"她微笑着摇摇头说："吹口琴只是我的业余爱

好，已经吹了十几年了。再过几天，我要去参加一场专业性的比赛。而在此之前，我还从未参加过任何比赛，所以我想通过这种方式来锻炼一下自己。"

我不解地问："那你为什么不找一个安静的地方呢？安静才能够全神贯注。在公交车上吹奏，环境多差啊！"

她甜甜地一笑，对我的善意表示感谢。然后，她解释说："因为公交车上人多呀，这样可以锻炼自己不怯场，从别人那赞许的眼神里，我能够获得一种自信。再说，我想那些乘客听到我的琴声之后，一定会有一份好心情。这样，我在锻炼自己的同时，也给别人带去一份愉悦。"

在半途，我要下车了。蓦然，我对那美妙的琴声，感觉有一种莫名的依恋。我真希望我的生活就像在这辆公交车上一样，我能够一直坐在她的身边，听着那些悠扬动人的曲子，朝一个又一个的站台走下去……

那一段日子，我的耳边总感觉有隐隐的口琴声在响动，心情也一直是愉悦的。我想，无论这个女孩参加比赛的成绩如何，她都是值得赞美的，因为，她已经从别人眼中赢得了尊重。这是生活赐予她的最高的荣誉，是任何成绩都无法比的。

成长课堂

　　自信的人总是充满着极大的热情和力量，这种热情和力量能令他们增添奋斗的勇气，坚定前行的步伐，克服种种困难，最终实现自己的梦想，确立自己人生的价值和意义。

优秀女孩宣言

多锻炼自己，从生活中找寻自信。

要能够看到天上的星星

在美国，一位叫塞尔玛的女士内心愁云密布，生活对于她已是一种煎熬。为什么呢？因为她随丈夫从军，没想到部队驻扎在沙漠地带，住的是铁皮房，与周围的印第安人、墨西哥人语言不通；当地气温很高，在仙人掌的阴影下都高达华氏125度；更糟的是，后来她丈夫奉命远征，只留下她孤身一人。因此她整天愁眉不展，度日如年。

怎么办呢？无奈中她只得写信给父母，希望回家。

久盼的回信终于到了，但拆开一看，却使她大失所望。父母既没有安慰她几句，也没有说叫她赶快回去。那封信里只是一张薄薄的信纸，上面也只是短短的几行字。

这几行字写的是什么呢？

"两个人从监狱的铁窗往外看，
一个看到的是地上的泥土，
另一个却看到的是天上的星星。"

她开始非常失望，还有几分生气，父母怎么回的是这样的一封信？！但尽管如此，这几行字还是引起了她的兴趣，因为那毕竟是远在故乡的父母对女儿的一份关切。她反复看，反复琢磨，终于有一天，一道闪光从她的脑海里掠过。这闪光仿佛把眼前的黑暗完全照亮了，她惊喜异常，整天紧皱的眉头一下子舒展了开来。大家知道这是为什么吗？

原来，从这短短的几行字里，她终于发现了自己的问题所在：她过去习惯性地低头看，结果只看到了泥土。但自己为什么不抬头看？抬头看，就能看到

天上的星星！而我们生活中一定不只是泥土，一定会有星星！自己为什么不抬头去寻找星星，去欣赏星星，去享受星光灿烂的美好世界呢？

椰菜娃娃

1984年，圣诞节的前夕，一个神奇的玩具——椰菜娃娃风靡全美。因为每个椰菜娃娃一出生都要在身上附有出生证、姓名、手印、脚印，甚至娃娃的臀部还盖有"接生人员"的印章。顾客在购买娃娃时，还要庄严地签署"领养证"以确立关系。这一切不得不让人认为自己确实是在"领养"而不是"购买"，而椰菜娃娃不是玩具而是一个"婴儿"。

她这么想，也开始这么做了。

她开始主动和印第安人、墨西哥人交朋友，结果使她十分惊喜，因为她发现他们都十分热情、好客，慢慢地他们都成了她的朋友，还送给她许多珍贵的陶器和纺织品作礼物；她研究沙漠的仙人掌，一边研究，一边做笔记，没想到那仙人掌是那么的千姿百态，那样的使人沉醉着迷；她欣赏沙漠的日落日出，她感受沙漠的海市蜃楼，她享受着新生活给她带来的一切。没想到，她慢慢地找到了星星，真的感受到星空的灿烂。她发现生活一切都变了，变得使她每天都仿佛沐浴在春光之中，每天都仿佛置身于欢笑之间。后来她回美国后，根据自己这一段真实的内心历程写了一本书，叫《快乐的城堡》，引起了很大的轰动。

 成长课堂

天上的星星和地上的泥土同是共存于世间的物质，乐观与消极也同是人生中的态度。想要快乐，你就抬头看看天上的星星，你的眼前将是一片光明。

优秀女孩宣言

当我遇到困难时，抬头看看天上的星星，给自己乐观向上的勇气。

妈妈的黄瓜 籽儿

一天中央电视台《半边天》节目主持人张越采访了一个女孩，女孩在谈她的妈妈。

"在我的记忆里我们家的生活一直比较困难。小时候每天清晨，我和妈妈一起到菜市场捡别人丢弃的菜叶，妈妈把所有的菜叶都捡起来，回家后洗净，那就是我们一家人的青菜。那时的妈妈留给我的记忆永远都是穿着厚厚的棉袄，手冻得通红……"

在这种艰难的日子里，女孩一天天长大，小学，初中，高中……

张越问："这种艰难困苦的日子让你很自卑吗？听说有一阵你想自杀？"

"是的，"女孩平静地说，"在同学中间我一直抬不起头来，我吃的、用的、穿的，永远都是最差的，我在班里沉默寡言，学习也中等。上高二那年，我突然觉得生活没什么意思，我想结束自己的生命。"

"那什么使你改变了想法？"

女孩子的眼里突然盈满了泪水，"那天我想看妈妈最后一眼，就来到妈妈的修车点。妈妈从工厂下岗后，靠给人修车维持生计。在那些修车师傅当中，仅有两位是女人，妈妈就是其中一个，我看到妈妈旁边的柱子上比别人多挂了两样东西，一副羽毛球拍和一个饭盒。"

"你知道它们是干什么用的吗？"

"以前不知道，我很少去她那里。我问妈妈，妈妈说，羽毛球拍是没生意时

和别人锻炼用的，总是坐着会发胖。旁边的阿姨插嘴说：'你妈妈总拉着我和她打球，你看我现在苗条多了。'说完她们还一起笑了起来。"

"那饭盒呢？是妈妈的午饭吗？"

"不是，那是一盒黄瓜头儿——吃黄瓜时掰下来的尾巴，妈妈都留下来。"

"作什么用的？"

"妈妈说用来美容，没事的时候用黄瓜头儿擦脸。"女孩的泪水一下子流了出来，"我突然发现妈妈一直都很爱美，虽然我们穷，可我从未见她愁过，她一直都是乐观的。"女孩有些哽咽了，"我想如果我死了就太对不起她了……我在她那里坐了一会儿，就回学校了，从此再没产生过这样的想法。"

女孩现在已上了大学。她说，是妈妈的黄瓜头儿救了她，是妈妈教会了她对待生活的态度。

电视里响起深情的音乐，手拿遥控器的我被深深地打动了。在女孩平静的讲述中，我能想象出她的妈妈是怎样一个不平凡的女人！一个为生计所迫、过着最底层生活、用黄瓜头儿美容的女人！

成长课堂

生活中还有什么能把这位乐观的母亲击倒呢？身处这样的困境，还不放弃内心对美的追求。有时候，生活给予我们各种各样的考验，悲观的人沉沦其中，甚至想到以死亡来结束伤痛，而乐观的人却可以乐在其中，忽略悲伤，创造出诗意人生。

优秀女孩宣言

越乐观越能改变人生的轨迹，创造快意人生！

我是 黑桃A

米奇很小的时候，就跟随父母从意大利移民到了美国。他们一家的境况一直不好，她的童年是在汽车城底特律度过的，灰暗悲惨，每一天都要在饥饿线上挣扎，所以痛苦和自卑在她的心里再也涂抹不去。她在学校里没有勇气举手回答老师的提问，同学们做游戏时也从来不会叫上她，老师甚至都记不住她的名字。

她的父亲一辈子碌碌无为，总是唉声叹气地对她说："认命吧，你将一事无成。"这个说法让她更加沮丧，她总是为自己将会有一个苦闷乏味的前程而烦恼不已，难道自己的将来真的就要像父亲一样，一生都在贫困、烦恼中度过吗？

但是，有一天，她的母亲却告诉她："孩子，抬起头来，你必须记住一句话：世界上没有谁跟你一样，你是独一无二的。"

这句话深深鼓励了她，她的心里又燃起了希望之火，她认定她就是最好的，没人比得上她。她每天临睡前都要对自己说："我是最好的。"然后才入睡。这种力量支撑着她在学习和生活中都发生了改变，老师和同学都忽然发现米奇不一样了，她总是昂着头、带着微笑来到学校，即使遇到不懂的问题，她也不会害羞地低下头，而是大胆地举手提问。这个新的米奇让大家觉得充满了阳光一样的力量。这还是以前的那个米奇吗？她究竟得到了什么样的法宝，让她变得如此不同？每一个人都在询问着。

米奇的信心被燃烧了起来，中学毕业后，她准备找一份工作。她第一次去应聘时，那家公司的秘书向她索要名片，她却递上了一张黑桃A，结果立刻就得到了面试的机会。

经理看着这张黑桃A，心里充满疑惑，不知道这个面带微笑的女孩儿是什么

用意，这可是他以前从未见到过的情况，不由得问她："你是黑桃A？"

"是的。"她说，米奇的脸上带着自信的微笑。

"为什么是黑桃A？"经理还是不明白。

"因为A代表第一，而我刚好是第一。"

经理一下子睁大了眼睛，眼前的这个女孩自信的笑容感染了他，他没有想到一个小小的女孩会有如此强大的内心，他笑了，为这个女孩的勇敢和自信所打动，他决定给米奇一个机会。就这样，她被录用了。

想知道后来的米奇吗？她成功了，真的成了世界第一。她一年推销出1425辆车，创造了吉尼斯世界纪录！

成长课堂

　　每个人的生命都是独一无二的，我们哭着来到这个世上，开始只属于自己的旅程，每个人都很特别，都是上帝独具匠心的创造。有什么理由要自卑？我是最好的。我不但要使自己相信这一点，也要用自己的行动让别人相信，因为自信会让一个人看起来别具魅力。

优秀女孩宣言

　　自信让我觉得自己就是第一，我也必将成为真正的第一。

为你自己奔跑

　　丹尼·托马斯是好莱坞老牌喜剧明星，名气非常大。他的女儿马勒·托马斯对父亲非常崇拜，时常梦想着自己也能成为父亲那样的大明星。马勒17岁时，机会终于来临了。

　　马勒将要扮演舞台剧《吉吉》中的女主角，剧组已将首演地点定在洛杉矶的莱古拉剧院。马勒为自己终于如愿而激动不已。

　　然而，这梦想成真的兴奋很快就变成了失落和痛苦。原来，所有有关她的报道都不约而同地将关注的焦点指向她的父亲——丹尼·托马斯，一时间，她被压力压得喘不过气来。虽然她很爱父亲，但丹尼·托马斯这个名字令她惶恐不安。

　　终于，在演出的前一天，马勒鼓起勇气对父亲说："爸爸，我想改个名字，请您不要难过。我爱您，但我受不了托马斯这个姓氏所带来的压力。我不愿意他们总是拿我和您作比较。"

　　接下来是漫长的沉默。马勒强忍着快要流下来的眼泪，等着父亲开口。"你看过赛马吧，知道比赛的时候为什么所有的赛马都必须戴着眼罩吗？"爸爸语气平静地说，"那是为了让它们把所有精力都集中在正前方。戴了眼罩的赛马看不见观众，也看不见别的马，它的眼睛里只有终点，它仅仅是在为自己奔跑。现

在，小马勒，你也必须采取这种态度，不要去管别人的看法，也不要和我乃至任何人相比。你只要为你自己奔跑！"

第二天，当众人鱼贯进入剧场时，舞台经理递给马勒一个白色的盒子，上面扎着红色蝴蝶结。打开盒盖，她看到了一张字条和一副旧的赛马眼罩。字条上是父亲的笔迹，写着："为你自己奔跑，宝贝！"

演出获得了巨大的成功。马勒·托马斯不但成为了一个优秀的演员，而且是一名优秀的制片人，曾四次获得艾美奖。

"为你自己奔跑，宝贝！"父亲在最关键的时刻把这句珍贵的箴言送给了小马勒，她一直为此而心怀感激。那副赛马眼罩对她的一生起着至关重要的作用。从那以后，马勒经常会问自己："你是在为谁而奔跑？"这就是她成功的秘诀。

我们常常会给自己找很多竞争者出来，总要给自己很多压力，竭力想去战胜这些所谓的"敌人"。其实，我们最需要超越的不是别人，正是自己。我们要不断地和昨天的自己比，找出昨天犯过的错误，也找出能用在今天的经验。这样我们就会不断进步，一步步走向成功！

成长课堂

有时候有利的条件为我们带来的不是好处，而是坏事。就像马勒有一个名气非常大的父亲一样，只能给她带来更大的压力。而不管面对什么样的压力，坚强地走向前去才是真正舒解它的方法，就像改名不能让马勒解除这个压力，只有迎头而上，才能战胜它。

优秀女孩宣言

迎头而上，拿出勇气，我不会惧怕任何困难和压力。

自信的考试

　　这是一个关于生物学教授和他的学生的故事。期末考试时，生物学教授在发试卷前对他的20位高年级学生说："我很高兴这学期教你们，我知道你们学习都很努力，而且你们当中有很多人暑假后将进入医学院。因此，我提议，任何一位愿意退出今天考试的同学都将得到一个'B'。"

　　这可是个非常难得的机会啊，要知道，这门课可是特别难，大家为了保证自己的考试可以通过，不知道熬了多少夜、放弃了多少娱乐活动。唯一的原因就是这位教授所教授的生物学是最难而且要求也是最严格的，在他的考试中很多人都会"挂"掉。而今天教授居然开口说可以让大家不考试就通过，这正是一个喜讯。

　　学生们欣喜万分，他们三三两两地议论着，不知道这位教授说的话是真是假，但是既然教授都已经说出口了，大家还有什么可担心的呢？那些正好担心自己考试不能通过的人首先开始跃跃欲试。

　　于是陆陆续续地，有一些学生站了起来，他们虽然心里有些忐忑，但还是走到教授面前，签下了自己的名字，并且对教授表示了感谢。

　　教室里的学生渐渐少了，他们都陆续走了出去，然后一个个欢呼雀跃。又一位学生走出教室后，教授看着剩余的少数学生问道："还有谁？这是最后机会了哦。"

　　又有一个学生环顾了一下四周，站了起来，签上名字走了。

教授关上教室的门，他看了看剩下的几名学生，他们只有几个人，但是他们都很坚信自己可以获得更好的成绩，所以他们拒绝这种可以得到一个"B"的成绩。

教授看着剩余的几个学生说："你们为什么不抓住眼前的这个机会，你们要知道我的考试是很难的，尤其这一次的考卷，难度非常高，甚至比以前好多届的难度都要高。你们放弃了这个包你们通过的机会，这次的考试你们就不一定能考过，而且很有可能考不过。"

学生们对于教授的话并不动摇，他们一个个面带微笑，有个小个子的女生站起来说："尊敬的教授，虽然您的考试难度很大是大家都知道的，但是我还是想通过自己的能力来获得成绩。因为我相信自己可以通过考试，并且获得比'B'还要好的成绩，我要获得'A'。"

教授听了学生的话，露出了一丝笑容，他慢慢走到这名女生的面前，对她说："我对你们的自信感到非常高兴，你们都将得到'A'。"

在生活和工作中，人们有时会因为缺乏自信而失去更好的机会。所以自信很重要！

成长课堂

一个对自己有自信的人，不会因为一个小小的机会而放弃自己，因为他坚信自己可以做到更好，这种信心也会让他的努力获得最大的肯定。

优秀女孩宣言

我相信我自己，我相信我可以做得更好。

充沛的 活力 来自哪里

在上班的路上，她感觉很好。这是一个5月的早晨，小鸟在歌唱，她的家庭幸福，嗯，今天会是一个好日子。昨天她刚成交了一笔大生意，她期待着在周末的时候能得到一笔可观的提成。

忽然她被交通警察拦住了，并交给她一张25美元的罚单。几分钟以后，她的一个轮胎瘪了，又在路上修了35分钟的车。

当她到了办公室以后，经理递给她一张条子告诉她昨天的生意告吹，因为顾客的信用卡不合格。

她接待的第一位主顾粗鲁而自以为是，在短短的8分钟内，她就被训斥了数次。当这个主顾离开后，她从心里松了一口气。

问题是，今天剩下的时间她会怎么样呢？她还会有一份好的心情吗？回答是：这主要取决于她，或者取决于经理对她的帮助。在剩下的时间里，她可能在与前来谈判的十余个主顾中只成交三个，这没有超过她以前的水平。也许在她总结这一天时会觉得很糟，只不过在忙于与顾客周旋。

她传递给顾客的活力取决于她如何看待这一天，如何处理不利于自己的处境。如果她意识到活力和热情于己、于人都有利，那么，那张25美元的罚

单、35分钟的修车、告吹的生意、粗鲁的主顾都算不了什么，它们丝毫不会影响她与下一个主顾打交道。

在任何一天、任何一个时候，你都将获得充沛的活力，这取决于你的思想，而不是外界因素。

想到这些，她忽然回头看了一眼窗外，窗户的玻璃映出了她的样子，那个人的眼睛里充满了疲惫，头发也乱乱的，整个人快要趴到桌子上，似乎很累。这是自己吗？我就要用这个样子去迎接我的一天？迎接我的顾客？当我的顾客看到我这个样子时，他们会对我充满信心吗？答案很明显，我自己都不满意自己，何况是顾客呢？

于是，她挺直了腰杆，那罚单和瘪掉的轮胎，已经发生了，而且已经过去了，如果不面带微笑、充满信心地去面对新的挑战，那么我只会损失更多。以充沛的活力去展现一个充满信心的自己，这才是最重要的。

这就是著名的女作家雪莉曾经度过的一天，在她后来的传记中，她写道：充沛的活力来自哪里？当然是来自于我们的内心。一个充满自信的微笑、一个乐观的心态，是给予别人的欢迎，也是给予自己的鼓励。

成长课堂

用乐观的心态去看待世界，世界也会瞬间变得美好起来，而我们也会散发出真正充满幸福的微笑。无论是顺境逆境，还是晴天阴天，一个人看待世界的眼光决定着他的生活，也决定着这个世界在他眼中的模样。

优秀女孩宣言

用乐观的心，做幸福的人，这就是我每天都能微笑的秘诀。

丑小鸭也会变成白天鹅

有一位才华横溢的女孩,有绘画的天赋,但她却很自卑,总以为自己画得不好。由于家境贫穷,迫于生计,她不得不把她画了三天三夜的作品拿到街上去卖。由于自卑,她开出的价格很低,并且还承诺如果哪个买主认为哪里画得不好,请指出,她回去修改后再卖给他。

围观的人越来越多,大家你一句我一句地评论起这幅画来,并在自己不满意的地方做了记号,纷纷表示,只要女孩把标志处修改一下就会买下这幅画。一天很快就过去了,画已经被弄得乌七八糟,到处都是顾客不满意的地方。看着那些标志,女孩觉得自己处处都是败笔,失望极了,一时冲动就把那幅画撕了,并发誓以后再也不把作品拿到街上出售,以免丢人现眼。

如果你是这个备受打击的女孩,你会怎么办呢?

答案在168页

《妙解难题》答案:

第二天长工就照媳妇说的那样,拿着一杆秤、一把尺和一个酒壶到财主家里对财主说:"你要我买来像山一样重的牛,可以。但是你用这杆秤去称这座山有多重,我才能买来这样重的牛。"财主一听眼睛瞪得大大的,半天才说: 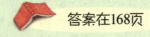 "这个事就算是免了。但还有两件事呢?"长工又拿出一把尺和一个酒壶对他说:"你用这把尺先去量这天有多大,我才能买那么宽的布。用这个酒壶去量河里的水有几壶,我才好买那么多的酒。"财主一听,一句话也说不出来啦,只得把两年的工钱付给了这个长工。

第三章
勇敢坚强的女孩最让人敬佩

◀ 以前的我

黑暗中似乎有双眼睛，好可怕啊！

晚上一个人睡觉太可怕了。

我要和你们一起睡。

我哭泣着，抱着被子去敲父母的房门。

◀ 现在的我

妈妈过来给我关了灯。

我一个人安然入睡。

让女孩拥有美好性格的62个故事

以前的我

打雷的时候我吓得腿都软了。

吓死我了。

我钻进妈妈的怀里。

现在的我

打雷只是一种自然现象。

妈妈给我看了一本自然知识的书。

我明白了打雷的道理，在打雷的时候我再也不害怕了。

40

以前的我

窗外刮着风，爸爸叫我起床晨练。

天太冷，这风能把我给吹跑了。

我把自己紧紧地裹在被子里。

现在的我

我给自己换好运动服。

我要锻炼出我坚强的意志。

咬咬牙，我迎风跑步。

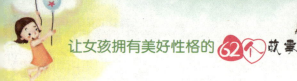
以前的我

运动会上，我只是把腿摔破了皮就哇哇大哭。

> 都受伤了，不能比赛了。

我走下了赛场。

现在的我

我站起来，赶紧自己处理了一下正在流血的伤口。

> 这点儿小伤不算什么。

我带伤又回到跑道上，同学们都为我欢呼。

我的成长计划书

勇敢坚强的女孩最让人敬佩

集体劳动的时候，一点点小伤我都会哭个不停，老师说这不是勇敢坚强的女孩的行为。以前，我以为勇敢和坚强只是对男孩子的要求，而现在，我明白了作为一个优秀的女孩也要这样去要求自己，只有这样才能让自己更加优秀！那么，就让我从今天开始吧。

1. 我要在确保安全的基础上，站到椅子上去擦干净最高处的玻璃。

2. 遇到危险的时候，一定要冷静勇敢，将危险降到最低。

3. 邻班的大个子欺负我们班的同学，我要勇敢地站出来保护我的同学。

4. 即使冬日寒风刺骨，我也要坚持晨跑，以锻炼自己的意志。

5. 学习压力好大，但我不会被压倒，我要更坚强才能战胜压力。

6. 雷雨天气时，别吓得躲在被窝里，我要勇敢地替妈妈去关好窗户。

春天的 奇迹

一个阳光很好的周末，母亲带着3个孩子来到美丽的湖边野餐。孩子们在搜集干柴时发现，湖畔那几棵无花果树中有一棵已经死了。它的树皮已经脱落，枝干也不再呈暗青色，完全枯黄了。最小的孩子斯蒂恩很轻易地就把一根树枝折了下来。

斯蒂恩对母亲说："妈妈，那棵树既然已经死了，我们干脆把它砍了吧！再补栽一棵，我们都会来帮忙的。"

可是，母亲阻止了他。她说："孩子们，也许它的确是枯死了。但是，冬天过后，谁又能知道它不会萌芽抽枝呢？也许，它现在只是给我们一个假象，其实正在养精蓄锐呢！孩子们，你们一定要记住，冬天不要砍树，因为春天往往会有许多奇迹出现。"

孩子们很奇怪，他们有些不相信母亲的话。这棵树明明看上去已经没有了生机，就算它的生命力再强，也不能起死回生啊。但是母亲既然说了这样的判断，他们就不好再说什么了，那就让它长长看好了。

果然不出母亲所料，第二年春天，那棵无花果树竟真的起死回生了，重新发芽抽枝，和其他树木一样展露出了勃勃生机。

渐渐地，那棵树又变得枝繁叶茂，夏季又结出了甜美的果子——母亲说得对，当初，这棵树枯死的只是几根枝权而已。

这件事给孩子们带来了很大的启发，原来一棵看上去就要死去的树，竟然可以重生，并且结出果子来，这是多么让人感动的事。曾经他们以为它已经死了，冬日的严寒也让它看起来已经没有机会再活过来了，但是当春天来临的时候它却发芽了，带给所有的人一次震撼。面对冬日严寒，小树勇敢地和逆境作斗争，决不放弃，终于迎来了属于它的灿烂春日。

孩子们互相交换着眼光，他们感动得不知道说什么才好。每一个人都在心里说："小树真伟大。"因为它不会被冬天打倒，因为它可以如此勇敢地站起来迎接春风。它不会放弃自己再次发芽的机会，所以它才能结出那么多的果实来。

孩子们都牢牢记住了这件事，记住了母亲的那句话。在它的激励下，小时候背起字母来都结结巴巴的菲亚特，现在竟成了一位小有名气的律师；羞涩的玛琳娜成了学校最受欢迎的音乐教师，整天带着孩子们又唱又跳；而当年那位最淘气、成绩差得一塌糊涂的斯蒂恩，后来成了一所大学的优等生。

一棵平凡的小树，孕育着这么强大的力量。3个孩子永远都不会忘记它，尤其是在自己遇到困难的时候，他们都会想起它来。

成长课堂

在人生奋斗拼搏的过程中，挫折总是难免的，但是希望永远不会灭绝。就像那棵看似干枯的无花果树一样，希望其实一直还在。所以，不要轻言放弃。因为只要不轻易放弃，凡事都有转机，每个人都会等到自己的春天。

优秀女孩宣言

我要笑着面对困难，只要坚持不放弃，就会获得新的希望。

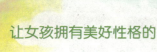

勇敢的女孩

"可我要再把胳膊摔断了怎么办？"丽萨五岁的女儿问道，她的下唇颤抖着。丽萨跪着抓稳了她的自行车，直视着她的眼睛。丽萨很明白她非常想学会骑车，多少次了，她的朋友们骑车经过丽萨家时，她感到被抛下。可自从上次她从自行车上摔下来，把胳膊摔断之后，她便对自行车敬而远之了。

"噢，亲爱的，"丽萨说，"我不认为你会把另一只胳膊摔断的。"

"但有可能，不是吗？"丽萨的女儿还是有些不确定，她无助地看着自己的母亲，希望母亲给自己一个答案。

"是的。"丽萨承认道，使劲想找出些道理来说。每逢此时，丽萨便希望自己有人可依靠，一个可以说出正确道理、帮她的小女儿解决难题的人。可经过一场可悲的婚姻和痛苦的离婚后，她倾向于当个单身母亲，并且她还态度坚决地告诉每个要给她介绍对象的人说她要抱定终身不嫁。

"我不想学了。"她说着，下了自行车。女儿的倔强让丽萨有点儿束手无策，但是她知道这个时候也不能强迫她去学，女儿需要一个缓冲，让她对于骑车的恐惧可以减少一些。

于是，她们走到一旁，坐在一棵树旁。两个人看着公园里的人们来来往往，一个个脸上都挂满了笑容，女儿的心情开始慢慢放松了。

"难道你不想和朋友们一起骑车吗？"丽萨问。她知道女儿是一个喜欢和朋友们一起玩儿的孩子，她不想在朋友中落后。

"想。"她承认。女儿点点头，眼睛里又开始充满了渴望。

摄影师莱妮·丽劳斯塔尔

这是一名德国女人，年近半百，她依然独来独往、形单影只。那一天，她大醉了一场，醒来之后，突然作出了一个谁也意想不到的决定：只身深入非洲原始部落，采写拍摄独家新闻。这之后的两年，她用照片一举奠定了她在国内摄影界的地位。这位充满传奇色彩的女性，就是被英国《时代周刊》评为20世纪最有影响的100位艺术家中唯一的女性。她的名字叫莱妮·丽劳斯塔尔。

"而且我还以为你希望明年骑着车去上学呢。"丽萨补充道。这也是一个鼓励，女儿喜欢学校。丽萨想到这些之后马上通过她喜欢的事情来鼓舞她。

"我是希望。"她说，声音有点儿颤。

"知道吗，宝贝，"丽萨说，"很多要做的事情都是带有风险的。汽车失事也会折断胳膊，那么你就算再坐在车上也会害怕。跳绳也有可能折断胳膊。做体操也有可能折断胳膊，你连体操也想不练了吗？"

"不是。"女儿说。然后她毅然站起，同意再试试。丽萨扶着车尾，直到女儿有勇气说："放手！"

整整一个下午，丽萨就在公园里看着这个胆小的小女孩克服了恐惧，她恭喜自己成了可以独当一面的单身家长。

成长课堂

因为摔断过胳膊而对于骑车充满了恐惧，对于一个五岁的孩子来说，那种恐惧也是很强大的，但最后她还是胜利了。因为她想骑车和朋友玩、骑车去上学，内心的渴望战胜了恐惧，让她变得勇敢。

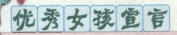

优秀女孩宣言

战胜自己的恐惧，做一个勇敢的女孩。

银行 存款

每逢星期六的晚上，妈妈照例坐在擦干净的饭桌前，皱着眉头分配爸爸小小的工资袋里的那点儿钱。

她将钱分成好几摞，"这是付给房东的……这是付给副食商店的……凯瑞恩的鞋要打个掌子。"

"老师说这星期我得买个本子。"孩子提出。妈妈脸色严肃地又拿出一个五分的镍币或一角的银币放在一边。

大家眼看着钱变得越来越少。最后爸爸总是要说："就这些了吧？"妈妈点点头，大家才可以靠在椅子背上松口气。妈妈会抬起头笑一笑，轻轻地说："好，这就用不着上银行取钱了。"妈妈在银行里有存款，一家人都引以为荣，它给人一种暖乎乎的、安全的感觉。

莱尔斯中学毕业后想上商学院，妈妈说："好吧。"爸爸也点头表示同意。家里的"小银行"是西格里姨妈从挪威寄给他们的一只盒子，他们急需时就用这里的钱。

莱尔斯把上大学的各类花销，列了一张清单。妈妈对着那些写得清清楚楚的数字看了好大一会儿，然后把小银行里的钱数出来。可是不够。妈妈轻声说："最好不要动用大银行里的钱。"他们一致同意。

莱尔斯提出："夏天我到德恩的副食商店去干活。"

爸爸提出："我戒烟。"

凯瑟琳说："我带妹妹去

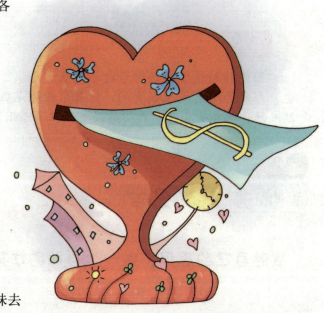

替人家看孩子。"

"好。"妈妈说。又一次避免了动用妈妈的银行存款，他们心里感到很踏实。

后来，孩子们都长大工作了，一个个结了婚，离开了家。爸爸好像变矮了，妈妈的黄头发里闪烁着根根白发。

在那个时候，他们买下了那所小房子，爸爸开始领养老金。也在那个时候，凯瑟琳的第二篇小说被一家杂志发表了。

凯瑟琳把支票交给妈妈，让她存上。妈妈把支票用手捏了一会儿，眼里透着骄傲的神色，"你和我一起去好吗，凯瑟琳？"

"我用不着去，妈妈，我已经把它落到了你的户头上，只要交给营业员，它就存在你的账上了。"

妈妈抬起头看着凯瑟琳的时候，嘴角挂着一丝微笑。"哪里有什么存款，"她说，"我活了一辈子从来没有进过银行的大门。所谓的那张存折，不过是我为了给我自己，也是为了给你们勇气，让你们变得更加勇敢而已。难道你没有发现，因为那张存折的缘故，我们全家人都变得勇敢面对那些苦难的生活了吗？"

凯瑟琳听了妈妈的话，不由得流下了感动的泪水。

成长课堂

　　面对艰难生活的勇气，其实不需要丰厚的生活资本，当一个贫困的家庭面对这些问题的时候，他们的解决办法就是一个虚拟的勇气存折，这个存折让他们勇敢地面对生活困苦，并且战胜了它。

优秀女孩宣言

　　我要给自己勇气，去战胜生活中的艰难。

学会给危险以迎头痛击

有一位8岁的小女孩要去镇上的教士家学刺绣。当她走到教士家门口时，有一只凶猛的雄鹅朝她扑来，还啄伤了她的手。女孩吓得号啕大哭，她发誓，再也不去学刺绣了。

她的母亲百般劝她，对她说："这是多么难得的机会啊，很多人想去学，但教士都不肯收，幸好他是我的朋友。"但小女孩坚持说："如果没有人给我做伴，我就再也不去学了。那只雄鹅多可怕呀！"

女孩不敢再出门了，因为她怕一出门就会碰到那只可怕的鹅，而情况后来严重到当她看到自己那可怜的伤疤的时候，都会因为想起那只鹅而感到颤抖。恐惧在她的内心埋下了种子。

女孩的父亲看到这一切，他觉得自己的孩子不能这么懦弱，被一只鹅吓得不敢出门，那以后还怎么去面对生活中的重重困难呢？于是，父亲找来了一根长长的棍子交给他5岁的小女儿，对她说："孩子，希望你的胆子比姐姐大。"并告诉她，"如果雄鹅来了，你尽管大胆地向它走去，然后用棍子狠狠打它，它就会跑掉的。相信爸爸。"

小女孩接过爸爸手中的棍子，虽然心里满是恐惧，但还是鼓起勇气，对爸爸点了点头。于是，小女孩跟着姐姐来到教士家，刚推开院门，那只凶猛的雄鹅便又高高地伸着颈项，发出可怕的叫声向她们冲过来。姐姐飞快地跑到了门外。

小女孩也想跟着姐姐跑，但她突然想起了手中的棍子和父亲的话，她不能退缩。她闭上眼，伸出手中的棍子在空中一通乱舞，雄鹅竟然真的退却了。这让小女孩感到奇怪，继而感到无比的骄傲，原来她战胜了那只可

女孩卡片

"小女子"吴仪

吴仪的口头禅：吴仪自称"小女子"，她常常说的话是"小女子豁出去了""小女子有泪不轻弹""小女子不在乎这个""小女子受命于危难之中""从男人堆里干出来的小女子"。吴仪的称号："中国铁娘子"（国际政坛）、2002年全球经济风云人物、中国"十大时代女性""铁女人"（国际贸易谈判圈）、"很会修理傲慢的美国人的中国人""拼命三郎""全球最有影响力的女性"。

恶而凶猛的鹅。她欢呼雀跃，跑回家去想赶快告诉爸爸这个好消息！

女孩的爸爸把她高高举起，他说："我就知道，我的女儿是最勇敢的！"

这个小女孩后来成为了德国著名的电器发明家，她的名字叫伊丽莎白。她在70多年后的《伊丽莎白自传》中说："因为童年的一点儿启示，而使我终生受用，不知不觉地给了我无数次的鼓励：遇到危险不要回避，要勇敢地迎上去，加以痛击。"

从某种意义上来说，危险无处不在，人要生存下去，就要学会面对它，战胜它。你敢向危险走近一步，它就会向后退缩两步。

成长课堂

面对困难，我们本能的反应就是退缩，不敢直面迎上去，但是，你应该知道：逃避危险并不能使你安全，真正能使你安全的就是直面危险。拿出自己的勇敢来直面你的危险，这会成为你战胜它的第一步，也是最坚实的一步。

优秀女孩宣言

勇敢地面对困难，就是我战胜困难的基础。

黑色波浪中的歌声

1920年10月，一个漆黑的夜晚，在英国斯特兰拉尔西岸的布里斯托尔湾的洋面上，发生了一起船只相撞事件。一艘名叫"洛瓦号"的小汽船跟一艘比它大十多倍的航班相撞后沉没了，104名搭乘者中有11名乘务员和14名旅客下落不明。

艾利森国际保险公司的督察官弗朗哥·马金纳从下沉的船身中被抛了出来，他在黑色的波浪中挣扎着。救生船这会儿为什么还不来？他觉得自己已经气息奄奄了。渐渐地，附近的呼救声、哭喊声低了下来，似乎所有的生命全被浪头吞没了，死一般的沉寂在周围扩散开去。就在这令人毛骨悚然的寂静中，突然——完全出人意料，传来了一阵优美的歌声。那是一个女人的声音，歌曲丝毫也没有走调，而且也不带一点儿哆嗦。那歌唱者简直像面对着客厅里众多的来宾在进行表演一样。

马金纳静下心来倾听着，一会儿就听得入了神。教堂里的赞美诗从没有这么高雅；大声乐家的独唱也从没有这般优美。寒冷、疲劳刹那间不知飞向了何处，他的心境完全复苏了。他循着歌声，朝那个方向游去。

虽然在茫茫的大海上根本让人没有方向感可言，可是那歌声却好像一座灯塔一样，一直为他指引着方向。循着歌声，他卖力地游动着，终于感觉那歌声越来越清晰，似乎就在耳畔一样，他感觉到自己越来越接近了。

靠近一看，那儿浮着一根很大的圆木头，可能是汽船下沉的时候漂出来的。几个女人正抱着它，唱歌的人就在其中，她是个很年轻的姑娘。大浪劈头盖脸地打下来，她却仍然镇定自若地唱着。在等待救生船到来的时候，为了让其他妇女不丧失力气，为了使她们不致因寒冷和失神而放开那根圆木头，她用自己的歌声给她们增添着精神和力量。

就像马金纳借助姑娘的歌声游靠过去一样，一艘小艇也以那优美的歌声为导航，终于穿过黑暗驶了过来。于是，马金纳、唱歌的姑娘和其余的妇女都被救了上来。

那个勇敢的唱歌的姑娘，现在已经不知道去了哪儿，但是大家猜测她肯定过得很幸福，因为即使在最艰难的环境中，她也可以让自己发出最美妙的歌声，那么还有什么困难能够压倒她呢？她的坚强可以挽救大家的生命，自然也可以为她带来美好幸福的生活。

面对困境的时候，可以垂头丧气地哭泣或哀号；也可以把恐惧和烦恼暂时放在一边，唱支动听的歌，放松自己，也鼓舞别人。

成长课堂

人类的力量最为强大的正是一个人的精神力量，这种力量在困境中尤其可以发挥出它的效力，美妙的歌声正是对美好生活的向往，表达出对生的期待，这个唱歌的姑娘为所有人带来了精神的支持，让大家都获救了。

优秀女孩宣言

即使在困境中，我依旧要放声歌唱，也许那就是走出困境的诀窍呢。

一步成就一生

　　她从小就是一个胆小的女孩子，走在路上即使遇见一只小狗都会吓得迈不开步，甚至对下楼梯和下坡都心存恐惧。这种怯懦的性格使她养成了沉默寡言的习惯，她不善交际，很少与人说话，也不和老师交流，更别说去参加一些集体活动了。平时，她总是一个人埋头于书本，整天抱本书在角落里读得津津有味。还好，她的成绩还算不错。

　　由于这种性格，上初中后，她对体育课很害怕，每当老师让学生跳水或翻杠时，她都紧张得不行。那时，她的父亲是当地一位有名的神学院院长，有一颗慈爱的心，希望她能在同龄人中出类拔萃。所以她的表现让父亲有点儿失望，但并不绝望，他总是不厌其烦地给女儿讲解怎样树立勇敢的信心，不断地鼓励她。父亲还找到她的老师和同学，恳请他们平时在学校多多关心她、鼓励她。

　　有一次，上体育课，老师要求每个学生练习跳水。站在3米高的跳台上，她的恐惧又涌了上来，双腿忍不住发抖。她想如果跳下去摔坏了怎么办啊？她吓得眼泪都出来了。专门来学校看她、站在旁边的父亲对她说："不要害怕，孩子，你还没有试，怎么就知道自己不行呢？孩子，跳下去！"可她还是不敢。父亲又说："相信自己和爸爸吧，你应该和他们一样，你是勇敢的。"于是，她向前迈出了一步，然后闭上眼睛尖叫着跳了下去。游上岸后，同学们报以她热烈的掌声。当时她很激动：我竟然也成功了？

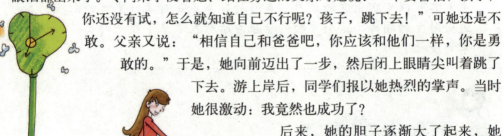

　　后来，她的胆子逐渐大了起来，她发现困难其实并不像想象得那么可怕，只要勇敢一搏，任何难题都迎刃而解了。

　　此后，在学业上她进步很快，两次参加国家奥林匹克数学竞赛都取得了优异成绩，并在32岁那年获得了物理学博士学位。她还逐渐养成了富有挑战的性格，与幼年截然相反。她对体育、文化、政治、经济等都产生了浓厚的兴趣，并深有研究。

她叫安格拉·默克尔，德国政府新一届总

"主妇型"美丽女人

梅加瓦蒂是印尼开国总统苏加诺的长女，她的掌权代表着苏加诺家族在政坛上的复兴。少年时代的她过着不识愁滋味、衣食无忧的公主般的幸福生活。17岁时残酷的政坛权力斗争让她的生活从天堂跌到了地狱。生活的磨难，锻造了她含蓄、沉稳、少言寡语的性格。而政治局势动荡不安的印尼国家大背景，又把她推到了政治舞台的前沿。

理。在竞选中她击败了连续执政7年的上一任总理施罗德，成为德国历史上的首位女总理。任职后，她又以大胆果敢、雷厉风行的政治作风引起国内政界的震动，被外界称为欧洲政坛的又一位"铁娘子"。

每个人在成长的过程中都会遇到许多意想不到的困难，每个人心里也都曾产生过害怕的念头，但有的人却成功了，正如安格拉·默克尔，她说："当你脚下发抖的时候，请勇敢再向前迈出一步，你就胜利了。"一步战胜胆怯，一步赢得成功，一步改变人生。其实在这看似轻轻一迈的一步中，融入了人生的大智慧。

成长课堂

胆怯的人迈出第一步，是克服懦弱和战胜困难的象征。人的一生会经历很多困难和挫折，胆小的人放弃了，只能在失败面前凭吊失去的青春；勇敢的人选择面对，青春也充满了挑战自我、突破自我的成就感。

优秀女孩宣言

勇敢一点，战胜困难其实不像我想象中的那么可怕。

读了这么多精彩的故事,和故事中的主人公比起来,你觉得自己能成为一个勇敢坚强的女孩吗?不妨来训练营锻炼一下自己吧!

勇救朋友的女孩

新闻报道说狮子座近期会有流星雨,所以同学们都相约着要在这一天一起去看。

因为流星雨到来的时间比较晚,所以同学们解散回家的时候已经很晚了。老师要求同学们回家后都要打个电话来报平安,以确保每一个人都安全到达了。可是一直到了第二天早上,老师都没有接到李美和王灿然的电话。

原来,看完流星雨回家的时候,李美和王灿然家离得比较近,所以她们俩相约回家。分开后,王灿然走了没多远,就听见李美和别人说话的声音,她回头一看,一个陌生人在和李美说话,那个人告诉李美她爸爸忽然生病住院了,他是李美爸爸的朋友,所以李美妈妈让他带李美去医院看爸爸。李美一听就着急了,马上就跟着陌生人走了。

如果带走李美的是坏人怎么办?李美会遇到什么危险?王灿然该怎么做?

答案在148页

《一个象牙兔的故事》答案:

尽管觉得很委屈,汪佩佩也没有找李爽大吵大闹,她只是告诉李爽让她回家好好找一下,李爽却头也不抬,看也不看她。

就这样,两个人都不开心了三四天。又是一天,来到学校,李爽忽然红着脸对汪佩佩说:"对不起。"原来,她妈妈告诉她,她表妹很喜欢那个象牙兔子,就拿去玩了几天,却忘记告诉李爽了,直到昨天送回来时她才知道。

听到李爽的道歉,汪佩佩微笑着说:"没关系,只要你找到象牙兔就好了。"她一点儿都没有责怪李爽错怪她的意思,这让李爽更加觉得惭愧了。老师也把这件事在班会上特别提出,希望大家都可以像汪佩佩一样,宽容地对待身边的每一个人。

第四章
真诚善良的女孩最有好人缘

◀ 以前的我

要不要帮她提东西呢？

看到前面一位老奶奶提着重物。

算了，我的书包还沉着呢！

我视而不见和她擦肩而过。

◀ 现在的我

小美，你们都过来帮帮忙！

我招呼同学一起来帮老奶奶提东西。

小姑娘，你们真是善良的好孩子。

老奶奶看着我们帮她提东西，不停地道谢。

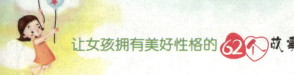

以前的我

老师批评我上课讲话。

我头也不抬地承认错误。

现在的我

我真诚地向老师承认错误。

老师微笑着拉着我的手。

以前的我

同桌的成绩没有我好，我在她面前很得意。

同桌向我请教问题我也爱搭不理。

现在的我

我主动提出帮助同桌补习功课。

我和同桌在一起学习。

▶ 以前的我

从报纸上看到了失学儿童的报道。

谁让他们不出生在一个好人家？

我无动于衷，翻过这一页。

◀ 现在的我

我把自己穿不了的衣服和压岁钱都找了出来。

我在邮局将东西寄往贫困地区。

从小到大我最爱读童话故事，我发现所有的童话里最幸福的那个人几乎都具有真诚善良的美好性格。一个人要获得别人的真诚对待，首先自己就要真诚善良地对待别人；而一个善良的人也必然可以带动身边的人一起发散爱心！所以从今天起，我要把善良真诚作为对自己的要求，让自己也成为那个发散爱心的人！

1. 每到周末，我和同学去老人院帮助打扫卫生，陪爷爷奶奶们聊天。

2. 和同学间产生了误会，我可以写一封信给他，真诚道歉并解释事情的原委。

3. 在路上遇到需要帮助的人，我一定尽我所能地帮助他们。

4. 上次在电视上看到的那个因贫困而无法继续上学的小朋友，我要尽我所能地帮助他。

5. 我要告诉小朋友：不要再欺负学校附近那只流浪猫了，给它找个能收留它的地方吧。

6. 表妹的学习退步了，我可以抽出时间来给她补习。

天使的心

　　秦月刚从师范学校毕业没多久，被分配到了一所小学教英语。上课的第一天，她就发现班上有个小女孩很特别。小女孩一个人坐在教室最后一排，身上的衣服脏兮兮的，头上的头发乱得像马蜂窝。因秦月是刚来的新老师，孩子们都充满新奇地看着她，小女孩也不例外，只是在那新奇里，怀了胆怯，当她的眼睛看向她时，她显得慌乱而无措。

　　课上，秦月亲切的笑容、柔和动听的声音，很快就赢得了孩子们的喜欢。她每提一个问题，孩子们都争相举手，小女孩也高高举起她的手，眼睛里充满了渴望。当秦月终于喊到她时，她却吃了一惊似的，愣愣地站起来，张口半天，却没说出一个字。其他孩子哄一声笑开了，告诉秦月："老师，她是个弱智。"

　　课后，秦月从别的老师那里得知了小女孩的身世。说起来颇可怜，她父亲穷且木讷，到40岁上，才筹措了一笔钱，从外地娶回她母亲。她母亲在生下她不久后跟人跑了，从此音信杳无。她跟着木讷的父亲长大，性格孤僻不说，脑袋瓜也不灵敏。"她考试，没有一门能及格的。你不要管她，她的成绩，是不计入班级总成绩中的。"别的老师这样对秦月说。

　　秦月再上课时，小女孩仍高高举起她的手，秦月却再没喊过她回答问题。小女孩举了一段时间的手后，大概自觉没趣，不再举了。秦月想，这样也好。

　　那一天，是圣诞节。外面的天空，很应景地飘起了雪花，一朵一朵，在教室

外开了花。秦月教孩子们唱圣诞歌，教孩子们学说英语"Merry Christmas(圣诞快乐)"。课堂上立即热闹开了，孩子们互相说着"Merry Christmas"，且互赠礼物，这个送那个一块橡皮，那个送这个一支铅笔。节日的气氛，被渲染得浓浓郁郁。

秦月站在讲台前，微笑地看着这群可爱的孩子。这时，教室后的小女孩突然高高举起她的手，秦月觉得奇怪，但她还是让孩子们静下来，叫了那个小女孩的名字。教室里有一刹那真静，静得能听见窗外雪落的声音。孩子们都转脸惊奇地看向小女孩，小女孩在大家的注视下，显得很紧张，一张小脸涨得通红，吭哧吭哧半天，也没说出话来。秦月笑着摇摇头，招手让她坐下。小女孩着急了，突然开口说："老师，Merry——Christ——mas。"她说得不流利，发音也不准，可是秦月听明白了，孩子们也听明白了。

秦月问孩子们："她说得好不好？"孩子们齐声答："好。"他们热烈地为小女孩鼓起掌来，而后一齐对小女孩说："Merry Christmas！"

小女孩的脸，幸福得如花一样盛开着。秦月的眼睛不由得湿了，她羞愧地想起她对她的偏见与忽略，而她，回报她的，却是雪一样的单纯。

每个孩子，原都有一颗天使的心，钻石一样，闪着纯洁而高贵的光芒。当你走过他的身边时，请你放慢你的脚步，低下头去，你定会看到，那颗天使的心，在闪闪发光。

成长课堂

可爱的孩子，不管是否受到不公平的待遇，他们的心一如既往地为真情跳动。其实，有时候最幼稚的语言包含着最淳朴的情感，最笨拙的动作体现了最珍贵的品质。

优秀女孩宣言

天使的心，让她永远在我身上闪烁光芒。

深深的 体谅

康娜的弟弟杰恩斯是初出茅庐的画家，居住在西班牙的马约尔加市。那是康娜母亲到西班牙看望弟弟要返回美国那天发生的事情。

一大早，母亲和弟弟气喘吁吁地把两个大旅行箱从那座具有200年历史的古老公寓的四楼搬下来，他们把旅行箱放在几乎无人通过的路边，坐在箱子上等出租车。

马约尔加不是大城市，出租车不会经常往来，当然也无法通过电话叫车，只能在路边等着。谁也不知道出租车何时能来。

杰恩斯因为已在那里住了三年，很了解这种情况，所以显得坦然自在。马约尔加的生活与华盛顿快节奏的生活截然不同。

大约过了20分钟，从相反车道过来了一辆出租车，杰恩斯立即起身招手，但他看到车内有乘客时就放下了手，出租车缓缓地驶去。

然而，那辆车驶了30米左右就停住了，那位乘客下车了。

"噢，真幸运，那人在这里下车呀。"

从车内走出的是一位看起来颇有修养的老年妇女。杰恩斯对这个偶然感到很高兴，并迅速把旅行箱装进了车的后备厢。

坐进车后，杰恩斯告

诉司机："去机场。我们真幸运，谢谢你。"

司机耸了耸肩膀说："要谢，你们就谢那位女士吧，她是特意为你们而提前下车的。"

杰恩斯和母亲不解其意，于是司机又解释道："那位女士本想去更远的地方，但是看到你们后就说：'我在这里下车，让那两位乘客上车吧。这么早拿着旅行箱站在路边，一定是去机场乘飞机的。如果是这样，肯定有时间限制。我反正没什么急事，我在这里下车，等下一辆出租车。'所以你们要谢就谢那位女士吧。"

杰恩斯很吃惊，他恳请司机绕道去找那位女士。当车经过女士身边时，杰恩斯从车窗大声向那位悠然地站在路边的女士道谢。老人微笑着说："祝你们旅途愉快。"

后来杰恩斯在给康娜的信中这样写道："我对他人的体谅与那位女士相比，程度完全不同。我即使体谅他人，自己在心里也会想：能做到这点就不错了……自己随意决定体谅他人的限度，我为自己感到羞耻。我现在真想成为像那位女士那样的人，成为那种不经意之间就流露出对他人深深体谅的人。"

成长课堂

一个善良的人在看到别人需要帮助的时候，真诚的付出如此令人感动，无形中诠释了善良在人心中产生的力量是如此强大。虽然她自己也有不便，但这不能阻止她去帮助别人，这位女士的精神值得我们每一个人学习。

优秀女孩宣言

要做就做一个体谅别人的善良女孩。

感动世界的特蕾莎修女

1979年12月8日，该年度诺贝尔和平奖得主——特蕾莎修女飞抵挪威首都奥斯陆。诺贝尔和平奖评委会主席萨涅斯亲自到机场迎接，并高兴地向特蕾莎修女宣布，挪威国王将在典礼宴会上接见她。

修女心里一震："宴会？"

"是颁奖典礼后举行的盛大宴会，135名贵宾应邀参加，有国王、总统、总理、政要、名流。这是惯例，年年如此。"萨涅斯高兴地说。

修女沉思片刻后问道："主席先生，举办这样一次宴会得花费多少钱？"

"7000美元。"萨涅斯不知修女何意，认真地回答道。

"什么？7000美元！"特蕾莎修女睁大眼睛，目光里露出无限的惋惜。过了几分钟，她鼓起勇气，试探性地问道："尊敬的主席先生，我有一个请求……请求您取消……取消这次宴会。"

"取消宴会？"萨涅斯主席十分惊诧，几乎不敢相信自己的耳朵。从1901年设立诺贝尔和平奖以来，还是第一次有人提出这么奇怪的请求。

"是的，我请求主席先生取消这次宴会，把省下来的钱交给我去救助那些饥寒交迫的穷人。"特蕾莎修女激动极了，声音有些颤抖，"要知道，7000美元足够30000个印度乞丐饱食一天啊！"特蕾莎修女不敢再看萨涅斯，她低下头紧张地等待这个大人物的"判决"。

萨涅斯低下头，紧紧咬着嘴唇，好像在想着什么。

特蕾莎修女有些歉意，问："主席先生，我的请求是不是让您为难了？"

"不，不！"主席仰起脸，热泪洗面，这位严峻得有点儿冷酷的权威此时泣不成声。他向特蕾莎深深地鞠了一躬，"我亲爱的修女，您的请求

女孩卡片

昂山素季

1991年诺贝尔和平奖得主昂山素季，是领导缅甸独立的昂山将军的女儿。她生于缅甸仰光，1990年带领"全国民主联盟"获得大选胜利，但军政府对大选结果不予承认，监禁昂山素季。她在2010年11月13日获释。昂山素季在1990年获得萨哈罗夫奖，1991年获得诺贝尔和平奖。

深深地感动了我，感动了世界，我代表世界上所有的穷人和善良的人谢谢您了。"

一个感动世界的请求之后，便是一个震撼世界的行动。特蕾莎修女一生为穷人服务，过度的操劳和奔波，使她那干瘦的身躯已经佝偻，深深的皱纹像刀子刻的一样，遍布在她那慈祥的脸上，也仿佛是她维护穷人权益的艰辛记录。她即使来参加这样世界级的盛典，身上穿的仍是那件伴她出入贫民窟的粗布纱衣。在寒风中她显得那样单薄，弱不禁风。那双裸露一生的光脚板已被风寒扭曲，脚趾完全变形，可她从不舍得为自己买一双袜子……在她的卧室里，没有一件家用电器，除了电灯只有一部实在不能没有的电话。她没有办公室，即使是尊贵的客人也只能在走廊里接待。

1997年，当她离开这个令她牵肠挂肚的世界时，除了两件换洗的粗布纱衣和一双旧凉鞋，几乎一无所有。

成长课堂

特蕾莎修女身上体现的是一种更为无私的博爱精神。在她面前，所有看不起穷人的人，都会黯然失色。我们的世界，如果能够充满这种无私的爱，该是多么美好啊。一个感动世界的请求，会让世界永远铭记；一个好人的离去，会让人们永远怀念。

优秀女孩宣言

把爱扩散开来，让更多的人可以体会到爱的温暖。

隐藏起来 的微笑

在一个小镇上，有一个很大的花园，里面栽着许多枝叶繁茂的桃树，每年都会结出全镇最大最甜的桃子。但是，全镇的人都知道，那个花园的主人是约瑟——一个脾气非常坏的老头。他家的桃子可摘不得，哪怕是掉在地上的也不能去捡，否则就会遭到他粗暴的打骂。所以大家从来不称他为"约瑟爷爷"，而是直接称他为"老约瑟"。

一个星期天的上午，小女孩哈瑞丝到她的同学维多利亚家去，打算和维多利亚一起去体育馆打羽毛球。去体育馆，必须要从老约瑟家的门前经过。当哈瑞丝和维多利亚走到老约瑟家附近时，维多利亚看见老约瑟正坐在家门口晒太阳，于是建议走马路的另一边。

但是哈瑞丝不同意，她说："别担心，约瑟爷爷是不会伤害任何人的，跟我来吧。"维多利亚还是非常害怕，每向老约瑟家的门口走近一步，她心跳就会加快一分。当她们走到老约瑟家门前时，老约瑟下意识地抬起了头，像往常一样紧锁着眉头，注视着眼前的不速之客。当他看到是哈瑞丝时，原本紧绷着的脸顿时绽开了灿烂的笑容。

"哦，你好啊，哈瑞丝，"他说，"你和这位小朋友要去哪里啊？"

哈瑞丝也对他报以微笑，回答说："我们要一起去打羽毛球。"

老约瑟说："这听起来真是不错，你们稍等一会儿，我马上就来。"

不一会儿，他就从院子里拿出两个桃子，给她们每人一个。"这是我刚从树上摘下来的，甜着呢。快吃吧！"两个小女孩接过红红的桃子，心里高兴极了。

和约瑟爷爷告别之后，哈瑞丝解释说："其实，我第一次从约瑟爷爷家门前经过的时候，发现他真的像人们传说的那样，一点儿也不友好，让我感到非常害怕。但是，我却在心里告诉自己，约瑟爷爷是面带微笑的，只不过他把微笑隐藏起来了，别人看不见而已。所以，只要看到约瑟爷爷，我都会对他报以微笑。终于有一天，约瑟爷爷也对我微笑了一下。又过了一些时候，约瑟爷爷真的开始对我微笑了，那是一种发自内心的笑容；不仅如此，约瑟爷爷竟然还开始和我说话了。随着时间的推移，我们谈的话越来越多，我知道他还有一个儿子在很远的城市工作，不经常回来，平时没有人跟他说话，他很孤独，所以脾气才会那么坏。"

听完哈瑞丝的叙述，维多利亚问道："隐藏起来的微笑？"

"是的，"哈瑞丝答道，"我爷爷曾经告诉过我说，所有人都会微笑，只不过有些人把笑容隐藏起来了而已。因此，我对约瑟爷爷微笑，约瑟爷爷也对我微笑。微笑是可以互相感染的。"

成长课堂

微笑只是一个再简单不过的脸部动作，嘴角微微上扬，眼睛一眯即可。但它却被称为"世界上最美丽的动作"，因为它不仅让看到它的人心情愉悦，也让微笑者自己收获快乐的滋味。微笑是一张永久的通行证，微笑是一颗没有保质期的开心丸，它让世界更加美好。何必吝啬你的微笑呢？

优秀女孩宣言

只要我展开自己的笑容，我就可以获得全世界的微笑。

你需要为 冷漠 付费

1935年，一件简简单单的偷窃案正在纽约最贫穷脏乱的区的法庭上审理。当时，拉瓜地亚刚刚出任纽约市市长。他坐在法庭的角落里，亲眼目睹了这桩偷窃案的审理始末。

被指控的嫌疑犯是一位白发苍苍的老妇人。她的脸呈灰绿色，一看就知道她的健康状况极其糟糕，患有严重的营养不良。

事情其实很简单，老妇人在偷窃面包时，被面包店老板当场抓住，并被送到了警察局，最终被指控犯了偷窃罪。审判长威严地注视着这个瘦弱的老人，询问她是否清白或愿意认罪。老妇人嗫嚅着回答："是，我承认。我确实偷了面包，因为我家里还有几个饿着肚子的孙子，他们已经两天没有吃到任何东西了。如果我不给他们点东西吃，他们会饿死的。我需要那些面包。"

审判长听完被告的申诉，平静地回答道："尽管如此，我必须秉公办事，维护法律的尊严，你可以选择10美元的罚款，或是10天的拘役。"在旁听席上的人们都看着这个可怜的老妇人，没有人站出来为她说一句话，他们都认为偷窃就是错误的，就应该受到惩罚，没有人会理会你为什么去偷窃。

由于案情简单，被告供认不讳，庭审很快就结束了。

就在法官宣布退庭前，一直坐在旁听席上的市长拉瓜地亚站了起来。他脱下了自己的帽子，放进去10美元，然后转身对旁听席上的其他人说："现在，请在座的每一个人都交出50美分的罚金。我们每一个人都应该为自己的冷漠付费，因为我们生活在这样一个需要白发苍苍的老祖母去偷面包来喂养孙子的城市。"

旁听席上的气氛变得肃穆起来。所有

的人都惊讶极
了，但是每个人
都默默地拿出50
美分捐了出来。

这场70年
前就已经结案
的庭审，至今仍
然感动人心。对
于一个只有法治
却没有爱心的城

女孩卡片

海伦·克拉克

新西兰前总理海伦·克拉克无论走到哪里，总是亲自拎着两
个黑色大提包，像个女教师。有媒体说她的学者丈夫彼得·戴维
斯曾向克拉克的高级私人秘书推荐好友担任政府官员。克拉克
当即辟谣，并斥责那些要对她的家庭进行恶意诽谤的人。有妻如
此，彼得备感自豪。政治女性婚姻幸福的本来就少，像海伦这样
"爱护"丈夫，大胆体现妻子忠诚与温柔的就更少。若选最美妻
子，彼得一定会大声说出海伦的名字吧？！

市来说，它的脸孔是冷冰冰的，它失去了人与人之间的温情。对于这样的城市来
说，一切都是按照法律的条款去分析和解释，没有人会例外，同时它也不会去理
会那些人们心灵受到的伤害，因为法律是不会管这些的。

可是生活在没有爱心的城市，人又怎么会幸福呢？每一个人都是冷漠相对，
就算是法制明晰也不会让我们每天都发出会心的微笑来。为你的冷漠付费，这是
对冷漠的惩罚，也是对爱心的召唤，我们都需要爱心来温暖彼此。

 成长课堂

有一句话是这么说的，爱的反义词不是恨，而是冷漠。让我们都打开
心门，让阳光住进来，让这个世界多分一些关怀，给角落中受伤的灵魂；
多分一点儿爱，给那些陌生的面孔。把冷漠变成爱，世界将更温暖！

优秀女孩宣言

没有爱的城市就好像没有阳光的世界一样，对
抗冷漠，就要用阳光般的爱。

对善良的回赠

　　30年前，美国华盛顿一个商人的妻子，在一个冬天的晚上，不慎把一个皮包丢在了一家医院。商人焦急万分，连夜去找。因为皮包内不仅有10万美金，而且还有一份十分机密的市场信息。当商人赶到那家医院时，他一眼就看到，清冷的医院走廊里，靠墙蹲着一个冻得瑟瑟发抖的瘦弱女孩，在她怀中紧紧抱着的正是妻子丢的那个皮包。

　　这个叫希亚达的女孩，是来这家医院陪病重的妈妈治病的。相依为命的娘儿俩家里很穷，卖了所有能卖的东西，凑来的钱还是仅够一个晚上的医疗费。没有钱她们明天就得被赶出医院。晚上，无能为力的希亚达在医院的走廊上徘徊，她天真地想求上帝保佑，能碰上一个好心的人救救她的妈妈。突然，一个从楼上下来的妇人经过走廊时，腋下的一个皮包掉在了地上，可能是她腋下还有别的东西，皮包掉了竟毫无知觉。

　　当时走廊上只有希亚达一个人，她走过去捡起皮包，急忙追出门外，但那位女士却上了一辆轿车扬长而去。

　　希亚达回到病房，当她打开那个皮包时，娘儿俩都被里面成沓的钞票惊呆了。那一刻，她们心里明白，用这些钱可能能治好妈妈的病。妈妈却让希亚达把

LOVE iS...

皮包送回走廊去，等丢皮包的人回来领取。后来，虽然商人尽了最大的努力，希亚达的妈妈还是抛下了孤苦伶仃的女儿。商人就领养了这个失怙的女孩。

她们母女不仅帮商人挽回了10万美元的损失，更主要的是那份失而复得的市场信息，使商人的生意如日中天，不久就成了大富翁。

被商人领养的希亚达，读完大学后就协助富翁料理商务。虽然富翁一直没委任她任何实际职务，但在长期的历练中，富翁的智慧和经验潜移默化地影响了她，使她成了一个成熟的商业人才，到富翁晚年时，他的很多想法都要征求希亚达的意见。

富翁临危之际，留下了这样的一份遗嘱："在我认识希亚达母女之前我就已经很有钱了。可是当我站在贫病交加却拾巨款而不昧的母女面前时，我发现她们最富有，因为她们恪守着至高无上的人生准则，这正是我作为商人最缺少的。我的钱几乎都是尔虞我诈、明争暗斗得来的，是她们使我领悟到人生最大的资本是品行。我收养希亚达既不为知恩图报，也不是出于同情，而是请了一个做人的楷模。有她在我的身边，生意场上我会时刻铭记，哪些该做，哪些不该做，什么钱该赚，什么钱不该赚。这就是我后来事业兴旺发达的根本原因，我成了亿万富翁。我死后，我的亿万资产全部留给希亚达继承。这不是馈赠，而是为了我的事业能更加辉煌昌盛。"

成长课堂

一个善良的人得到的回报，是如此的丰厚，正如同富翁所说的一样：因为她是一个做人的楷模。善良可以给我们带来很多，可以在我们做出判断的时候提供正确的依据，有了这样的楷模，他的生意才会蒸蒸日上，获得更大的发展。

优秀女孩宣言

做一个善良的女孩，生活会给我们很多的回报。

读了这么多精彩的故事，和故事中的主人公比起来，你觉得自己能成为一个真诚善良的女孩吗？不妨来训练营锻炼一下自己吧！

赞美的力量

最近，我在城里和一位朋友同乘一辆计程车。下车时，朋友对司机说："谢谢你。你开车开得好极了。"

司机愣了一下，然后说："你是在说俏皮话还是什么？"

"不，老兄，我不是开你的玩笑。交通那么拥塞而你却能保持冷静，我很佩服。"

"噢，谢谢！"司机应了一声，微笑着开车走了。

"这是怎么回事？"

你知道这位朋友为什么要赞扬一个普通司机的开车技术吗？

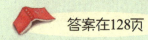

答案在128页

《小菲的"独立运动"》答案：

一、给小菲时间，让她自己去安排。每天给小菲一段她可以自由支配的时间，只要不出危险，小菲可以自己安排做她愿意做的。

二、给小菲条件，让她自己去锻炼。如果小菲想要做什么事情，爸爸妈妈只能给她提供工具和建议，让她自己动手去做，而不是什么事情都要为她代做。

三、给小菲问题，让她自己找答案。即使是向爸爸问不认识的字，爸爸也不能告诉她，而是让她自己去查字典。

四、给小菲困难，让她自己去解决。爸爸号召爷爷奶奶应多想主意给孩子设置一些困难，让孩子独立去解决。

通过这四项举措，小菲得到了锻炼，她发现自己的能力越来越强了，也觉得生活越来越有意思了。

第五章
沉静细腻的女孩最有气质

以前的我

不就是些石头和花草吗？不好玩！

学校组织去郊游爬山，同学们都能在爬山中找到乐趣。

我一个人无所事事地走在队伍的最后。

现在的我

原来爬山这么有意思！

我细心观察大自然，花儿在朝我展示它的自信与美丽。

奇石在向我展示它的力量与坚韧。

让女孩拥有美好性格的 62个 故事

以前的我

妈妈回家再累也给我做饭吃。

妈妈不需要我去帮她做饭。

我就等着吃饭好了。

现在的我

妈妈一回来，我就帮妈妈做拿出拖鞋来。

我要分担妈妈的负担。

妈妈做饭，我就帮妈妈择菜。

以前的我

你给我退回线后面去!

因为同桌超过了"三八线",我对同桌怒目而视。

同桌和我大声吵起来。

现在的我

我用心平气和的态度和同桌商量这个问题。

我们俩高兴地拉着手,桌上的"三八线"没有了。

以前的我

可可，把你的字典给我用一下。

屋里的书到处都是，摆得乱七八糟。

我在屋里翻得满头大汗，也没找到字典。

现在的我

我在收拾屋子里的书。

我把所有的书籍归类整理，查找更方便。

我的成长计划书

沉静细腻的女孩最有气质

我发现和同学们一起经历的事情，在他们的笔下变得那么精彩，而在我的眼里却变得那么平淡无奇，这总是让我感到烦躁着急。仔细想想，那是因为别人在细腻地体会着生活中的每一个瞬间啊！从今天起，我也要用一颗细腻的心去观察和感知周围的世界！

1. 我要坚持写日记，把每天经历的有意思的事情，都用心做好记录。

2. 阅读课外书后我要写好读后感，把书籍带给自己的感动和领悟都写出来。

3. 妈妈因为工作的原因很烦躁，我安慰她，告诉她不要着急，女儿会支持你的。

4. 把书桌上的书和纸笔都归类，摆放在最佳的方便取用的位置上。

5. 在老人院照顾老人的工作可以让我学会细心体贴。

6. 事情多的时候，不能烦躁慌乱，要一件一件地做到最好。

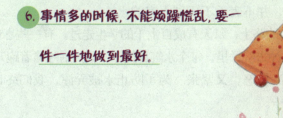

水终有澄清的那一天

在我童年居住的三合院里，沿着屋檐滴水的沟槽下，摆了一排大水缸。

水缸有半人高，缸口大到双手不能环抱过来，是为了接盛从屋顶流下来的雨水的。从前的乡下没有自来水，为了生存，村民们必须寻求各种水源，他们一方面凿井而饮；一方面到河边挑水灌溉，下雨天蓄在水缸的水，则用来洗衣洗澡。这样不但可以惜福，还能减轻到河边挑水的负担。

刚下过雨的水缸是浑浊的，放一些明矾进去，等个两三天，水才会慢慢地澄清。

由于要让水澄清很难，需要很长的时间。但使水浑浊却只要一下子，因此，妈妈严格规定我们不能去玩水缸里的水。玩水的后果就是在水缸边罚站。

不可以玩水缸里的水，不只是我们家的规矩，乡下三合院的孩子们全都知道这个规定。

但是，不玩自己家的水，并不表示不玩别人家的水。

我们家正好在去中学必经的路上，每天有成百上千的学生走过。有一些喜欢恶作剧的孩子，路过的时候会突然冲进院子里，每个水缸都搅一下，然后呼啸着跑开。

这可恶的举动，使我们又愤怒，又紧张。为了防止水被弄浑，我们终日都坐在院子里，等待恶作剧的孩子。

但是，我们也不可能整天坐在院子里，有时要上学，有时要工作，一旦稍有疏忽，孩子们就会冲进来把水弄浑。

这使我们更陷入痛苦之中。

80

妈妈看我们被几缸水弄得心神不宁，就安慰我们："你们的心比水缸的水还容易混乱。那些恶作剧的孩子，你们愈在乎，他们就愈高兴；如果不理他们，时间一久，他们就觉得没什么好玩的了。你们各人去做该做的事，不要管水。水，终有澄清的一天。"

我们听了妈妈的话，该上学的上学，该工作的工作，不再理会恶作剧的孩子。他们也很快就失去了兴趣。水，也自然地澄清了。

"水终有澄清的一天！"妈妈的教诲，常常在我被误解、扭曲、诬陷的时刻，从水缸中浮现出来。我们的心像水一样容易混乱，但在混乱之际，不需要过度的紧张与辩白，需要的是安静如实的生活。当我们的心清明时，水缸的水自然就澄清了。

如今，我每一次走进乡下的三合院，童年院子里的水缸都历历在目，就会想到一个安静宽容的人，心境就如水缸里的水，来自天地，自然澄清。生命中的故事，是一时一刻的，智慧与心境的清明追求，却是生生世世的。当我们遭遇到那些调皮的小男孩的时候，任何的愤怒和看守都不会起任何的作用，反而会让他们更加喜欢来搅浑你的水。这个时候需要的不是我们的追赶，而是放下内心的愤怒，等待着这些纷扰自己澄清下来，就好像那水缸里的水一样。

成长课堂

为了别人的打扰而愤怒不已的人，在我们的生活中真的大有人在。可是不管你怎么愤怒，这些打扰都不会减少，只会增加我们的不愉快而已。既然是这样，还不如放下来，让自己清净下来，世界也就自然清净了。

优秀女孩宣言

只要我保持一颗澄清而宽容的心，外界的打扰也都会清净下来。

如 花 的心情

一家信誉特好的大花店准备以高薪聘请一位售花小姐，招聘广告张贴出去后，前来应聘的人如过江之鲫。

经过几番面试，老板留下了三位都长得像花一样美丽的女孩，并让她们每人经营花店一周，以便从中挑选一人。这三个女孩中，一人曾经在花店插过花、卖过花，一人是花艺学校的应届毕业生，另一人是一位待业女青年。

插过花的女孩一听老板要让她们以一周的实践成绩作为最后应聘成功与否的依据，心中窃喜，毕竟插花、卖花对于她来说轻车熟路，操作起来得心应手。每见一位顾客进来，她就不停地介绍各类花的象征意义以及送花的礼仪。几乎每一个人进花店，她都能让人买去一束花或一篮花，一周下来，她的成绩不错。

花艺女生充分发挥了自己书本上学到的知识，从插花的技术到插花的成本，她都精心琢磨，甚至想到把一些断枝的花朵用牙签连接起来夹在鲜花中，用以降低成本……她的知识和精明为她一周的鲜花经营也带来了不错的成绩。

待业女青年经营起花店则不够精明：一些残花她总舍不得扔掉，而是修剪修剪，免费送给路边行走的小学生。

然而置身于花丛中，她的微笑简直就是一朵花，她的心情也如花一样美丽，而且每一个从她手中买走花的人，都能得到她一句甜甜的话语："鲜花送人，余香留己"，这话听起来既像女孩为自己说的，又像是为花店说的，也像是为买花人讲的。每一个来过花店的人都对女孩留下了深刻的印象，因为女孩的微笑就是这个花店里最美丽的一朵花。

爱《简·爱》

《简·爱》是英国19世纪著名的女作家夏洛蒂·勃朗特的代表作，人们普遍认为这是一部具有自传色彩的作品，它阐释了人的价值＝尊严＋爱。本书通过对孤女坎坷不平的人生经历的描述，成功地塑造了一个不安于现状、不甘受辱、敢于抗争的女性形象，反映一个平凡心灵的坦诚倾诉和责难，一个小写的人成为一个大写的人的渴望。这样一个充满个性色彩的女性，让我们怎能不"爱"她？

但是，尽管女孩努力地珍惜着她一周的经营时间，成绩还是比前两位女孩相差很大。因为她毕竟没有经验也缺少专业的知识，这些都不是她一时之间就可以掌握的。女孩心里有点儿舍不得这个美丽的花店，但是她又不知道自己是不是能够留下来，看样子，希望是不大了。

结果出人意料，老板竟然留下了这个待业的女孩。人们不解为何老板放弃了能为他挣钱的女孩，而偏偏选中她。

老板说："用鲜花挣再多的钱也是有限的，花艺可以慢慢学，可如花的心情不是学来的，因为这里面包含着一个人的气质、品德、修养……"

成长课堂

一个有着如花一样心灵的女孩，是因为她从心底里爱着花，她把残花送给了过路的学生，她把温馨的话语送给了身边的每一个人，这种心情比一时的业绩更加让人感动，这才是一个花店最让人留恋的地方啊。

优秀女孩宣言

让我拥有如花的心情，把芬芳撒播到身边的每一个人。

平静地接受不可改变的事情

珍子是日本人，她们家世代采珠。

她有一颗珍珠，是母亲在她离开日本赴美求学时给她的。

在她离家前，母亲郑重地把她叫到一旁，给了她这颗珍珠，并告诉她说：

"当女工把沙子放进蚌的壳内时，蚌觉得非常不舒服，但是又无力把沙子吐出去。所以蚌面临两种选择：一是抱怨，让自己的日子很不好过；另一个是想办法把这粒沙子同化，使它跟自己和平共处。于是蚌开始把它的精力营养分一部分去把沙子包起来。

"当沙子裹上蚌的外衣时，蚌就觉得它是自己的一部分，不再是异物了。沙子裹上的蚌成分越多，蚌越把它当作自己，就越能心平气和地和沙子相处。"

母亲启发她道：蚌并没有大脑，它是无脊椎动物，在演化的层次上很低，但是连一个没有大脑的低等动物都知道要想办法去适应一个自己无法改变的环境，把一个令自己不愉快的异己，转变为可以忍受的自己的一部分，人的智能怎么会连蚌都不如呢？

尼布尔有一句有名的祈祷词说："上帝，请赐给我们胸襟和雅量，让我们平心静气地去接受不可改变的事情；请赐给我们智能，去区分什么是可以改变

女孩卡片

残臂少女意志坚

来自波兰的残臂少女纳塔莉亚·帕蒂卡已经创造了历史：她是首个同时参加奥运会和残奥会的乒乓球选手。没有右手，帕蒂卡便用右臂肘下残存的部分夹着球抛发，重心偏失，她就猛练下肢，试图靠跑动和耐力弥补身体平衡的缺陷。她终于和健全人一起站在了同一个舞台上，并且站稳了，带着与她标志性金色马尾一样轻快的表情。

的，什么是不可以改变的。"

珍珠的故事我听过很多，但是很少是从蚌的观点来看逆境的。人生总有很多不如意的事，如何包容它，把它同化，纳入自己的体系，使自己的日子可以过下去，恐怕是现代人最需要学的一件事。

当环境改变的时候，我们会感到不安，会感到不舒服。有的人选择逃避环境，依然缩回自己的壳，直到环境的改变使得他不得不面对；而有的人会选择勇敢面对改变，努力地去学习与周围的环境和平共处。与其到时痛苦地接受，不如现在就做好准备，尽情去体会改变的乐趣！就像每一次分娩都会有阵痛，但当我们抱着一颗期盼的心去接受新的生命的时候，在那一刻来临时，我们感受到的将是无限的幸福。勇敢接受改变，享受改变！

凡事固然要讲求操之在己，但是在没有主控权的事上，是否也应该学习蚌，使自己的日子好过一些呢？

成长课堂

生活中，我们常常会遇到环境的变换，不适应肯定是存在的，但只要我们用一颗平静的心去接受生活的现实，去适应，既然不能改变什么，就心平气和地接受，或许前景并不像想象中的那么糟。

优秀女孩宣言

我不再逃避，心平气和地去适应环境，也能有属于自己的一片天。

比介绍信更重要的东西

一个不经意的细节，往往能够反映出一个人最深层次的修养。

一位知名企业的总经理在报纸上登了一则广告，他想要雇一名助理，因为他有许多事情需要处理，没有一位助理帮忙实在忙不过来。对于这个助理应该是一个什么样的人，其实总经理自己并没有一个严格的标准，当别人询问他的要求的时候，他只是笑了笑，而不说什么。

一时间，应征者云集，经过初选，有50多人被通知参加面试。这50个年轻人有的从大学毕业，有的却已经有了好几年的工作经验，他们一个个摩拳擦掌，希望可以在这次的面试中获得总经理的青睐，展示出自己最好的一面，可以获得这次难得的工作机会。面试由总经理亲自主持进行，通过层层的选拔之后，他却挑中了一个毫无经验的年轻女孩。这让所有的人都大跌眼镜，因为很明显，这个女孩并不是所有人中最优秀的，她的工作经验并不是最佳的，学历也不是最高的。

"我想知道，"他的一位朋友问道，"你为何喜欢这个年轻女孩？她既没带一封介绍信，也没受任何人的推荐，而且经验也不是很突出。"

"你错了，"总经理告诉他的朋友，"她带来了许多介绍信。"

他的朋友更加疑惑了，怎么看，那都是一个最平凡不过的女孩了，她来应征的时候，甚至没有引起任何人的注意，只是静静地在那里等候着面试的通知而已。

但是总经理接下来的话，让他的朋友恍然大悟，他说："她在门口蹭掉脚下带的土，进门后随手关上了门，说明她做事小心仔细。当看到那位残疾青年时，她立即起身让座，表明她心地善良、体贴别人。进了办公室她先脱去手套，回答我提出的问题时干脆果断，证明她既懂礼貌又有教养。

"其他所有人都从我故意放在地板上的那本书上迈过去，而这个女孩却俯身拾起那本书，并放回桌子上；当我和她交谈时，我发现她衣着整洁，头发梳得整整齐齐，指甲修得干干净净。难道你不认为这些细节都是极好的介绍信吗？我认为这些比介绍信更重要。如果一个人连这些修养都不具备，那么要再多的经验又有什么用呢？"

这就是一个阅人无数的总经理观察人的方法，他通过这些细节确定了这个女孩，并且认定她是所有人中最为优秀的那一个，这难道不值得所有来应征的那49个人反思吗？

成长课堂

细节体现素质，素质体现修养，修养决定高度。我们可以从一个人的言行细节中感受到一个人的内在修养，决定成败的往往是这些看似无关紧要的细节。诺贝尔曾经说过："要想获得成功，应当事事从小处着手。"而关注细节的人无疑也是能够捕捉创造力火花的人。

优秀女孩宣言

细微之处见真章，细节可以反映一个人的全貌，我要关注自己的任何细节。

温暖的 小刀

那年春末，我到一所中学去监考。

发卷的时候，我发现，靠近讲台的一个女生怪怪的，左手藏在袖口里，遮遮掩掩的，不愿伸出来。和我一起监考的，是另一所学校的一位女老师，大约，她也注意到了这个细节。随后，我俩便开始留意这个女生，在我们想来，她袖口里的那只不愿示人的手，一定藏着什么秘密。

考场里静悄悄的，学生们都在全神贯注地答题。只有这个女生，一边答题，一边有意紧藏着她的那只手，一边还不自觉地环顾着左右，神色紧张而怪异。这愈加坚定了我们的怀疑：她的手里一定攥着小抄，或者，其他用来作弊的什么东西。

然而，我们错了。半小时后，也许女生做题做得太过专注，一不小心，她露出了自己的左手——天哪，这个女生的左手居然没有手指头。

原来，她竟是一个有残疾的学生！

这多少有些出乎我们的意料。愧疚之余，不禁心生悲悯。那位女老师，更是一脸的痛楚，小声地嘟囔着："怎么会是这样？多可怜的孩子啊，多可怜的孩子。"

考试进行到一半的时候，有一道地理题需要改动。办公室送来了一沓纸片，纸片上，印着一个阿拉伯国家的地形图。我们分发给学生们，然后让他们各自粘贴在试卷的答卷纸上。由于是临时赶印出来的，太过匆忙，这些纸片裁剪得很粗糙，考生们只有自己动手把4个毛边撕去，大小合适，才能贴在试卷上。这下，可难为了这个女生。大约，她还是不愿让别人看到她的那只手，就用左胳膊使劲压紧纸片，右手一点一点地撕。然而，那张小纸片仿佛不听话，只要她一用力，就从她的胳膊下跑出来，再压下去，再跑出来。她急得都有些冒汗了。

"这位同学，我可以帮你吗？"女老师走过去，俯下身子，声音低低地征询女生的意见。女生抬起头，看了看，迟疑了一下，还是把纸片给了她。

然而，女老师并没有立即动手，她把那张纸片放在讲台上后，便满考场寻找着什么。我有些纳闷，这不是很简单的一件事嘛，她究竟想要干什么呢？

不一会儿，女老师从一个学生那里找到了一把小刀。然后，她坐在讲台前，一点一点小心翼翼地裁剪着那张纸片，"哧——哧——"，小刀割裂纸片的声音很好听。我和女生看着她做这一切。说实话，那一刻，女老师慈祥得像坐在讲台前的一尊佛，她专注的神情，仿佛是在完成一件精致的手工艺品。

随后，她微笑着把这张小纸片轻轻地放在女生的桌子上。女生欠了欠身子，低低地说了声"谢谢"。她拍了拍女生的肩膀，说："赶紧答题吧。"然后就走开了。

然而，我还在纳闷着。一张小纸片，用手就完全可以撕得很整齐，为什么一定要找把小刀来呢？

考试结束后，我道出了心中的不解。那位女老师笑了，说："这个女生所残缺的，是一只手。我不想在她面前，用自己灵巧的手指头去撕那张纸片，那样的话，会撕碎这个女孩的心。我满考场去寻找一把小刀，就是想借助小刀，避开对她的这种伤害。"

一直以来，小刀在我心中，不过是冰冷的铁片而已。而那年春天，我懂得了，原来，即便是锋利而冰冷的一把小刀，也会裁剪出人性的温暖来。

成长课堂

人们在给予别人帮助时，常常急于把自以为是的亲切帮助塞给别人，只顾着自己善意的表达，却忘记顾及他人的尊严与感受。因此，就需要我们用一颗细腻的心去体味对方的感受，别让好意的帮助成为伤害。

优秀女孩宣言

帮助别人时，一定要考虑到不能伤害到对方。

无法挑剔

米莉·杨

因生意关系需要经常
去泰国，第一次她下榻的
酒店是号称亚洲之最的东方饭
店，而且感觉很不错。第二次再入住
时，她对饭店的好感迅速升级。

原因很简单，第二天清晨，她去餐厅吃早饭时，楼层服务生恭敬地问道："杨女士是要用早餐吗？"米莉·杨很奇怪，反问："你怎么知道我姓杨？"服务生说："我们饭店有规定，晚上要背熟所有客人的姓名。"

这令米莉·杨大吃一惊，因为她住过世界各地无数高级酒店，但这种情况还是第一次碰到。

米莉·杨走进餐厅，服务小姐微笑着问："杨女士还要老位子吗？"米莉·杨更吃惊了，心想尽管不是第一次在这里吃饭，但最近的一次也有一年多了，难道这里的服务小姐记忆力这么好？

看到她吃惊的样子，服务小姐主动解释说："我刚刚查过电脑记录，您去年的6月8日，在靠近第二个窗口的位子上用过早餐。"米莉·杨听后兴奋地说："老位子！老位子！"小姐接着问："老菜单，一个三明治，一杯咖啡，一个鸡蛋？"米莉·杨已不再惊讶了："老菜单，就要老菜单。"

米莉·杨就餐时餐厅赠送了一碟小菜，由于这种小菜是米莉·杨第一次看到，就问："这是什么？"服务生退后两步说："这是我们特有的小菜。"

服务生为什么要先退后两步呢？原来他是怕自己说话时口水不小心落在客人的食物上。这种细致的服务不要说在一般酒店，就是在美国最好的饭店里米莉·杨都没有见过。

拥抱《苏菲的世界》

《苏菲的世界》以小说的形式，通过一名哲学导师向一个叫苏菲的女孩传授哲学知识的经过，揭示了西方哲学史发展的历程。由前苏格拉底时代到萨特，以及亚里士多德、笛卡儿、黑格尔等人的思想都通过作者生动的笔触跃然纸上，并配以当时的历史背景加以解释，引人入胜。对于从未读过哲学课程的女孩们而言，此书是最为合适的入门书。现在就敞开你的臂膀，去拥抱《苏菲的世界》吧！

后来米莉·杨两年没有再到泰国去，但她在生日那天，突然收到一封东方饭店的生日贺卡，并附了一封信，信上说东方饭店的全体员工十分想念她，希望能再次见到她。米莉·杨激动得热泪盈眶，发誓再到泰国去，一定要住在东方饭店，并且要说服所有的朋友像她一样选择东方饭店。

这就是东方饭店的成功秘诀。东方饭店在经营上的确没使什么新招、高招、怪招，他们采取的仍然是惯用的传统办法：提供人性化的优质服务。只不过，在别人仅局限于达到规定的服务水准就停滞不前时，他们却进一步挖掘，抓住大量别人未在意的不起眼的细节，坚持不懈把人性化服务延伸到方方面面，落实到点点滴滴，不遗余力地推向极致。

成长课堂

东方饭店的做法令人深思。在这个竞争的年代，做什么事如果只会做"规定动作"，只满足于和别人做得一样好，没有竭尽全力超越别人、争创一流做到极致的意念和行动，就难以从如林的强手中胜出，在激烈的角逐中夺魁！

优秀女孩宣言

珍视一个个美丽的细节，就是在珍视迎面走来的一个个成功的机遇。

读了这么多精彩的故事，和故事中的主人公比起来，你觉得自己能成为一个细腻沉静的女孩吗？不妨来训练营锻炼一下自己吧！

微笑的力量

有一个中年妇女独自在家，听到外面有人敲门，她走过去打开门一看，是一位男子。

可是当她打开门后，男子和善的笑容忽然不见了，他从背后拿出一把锋利的菜刀，举到半空，企图威胁这个中年妇女，准备进行抢劫。这位中年妇女看着站在自己面前的是位拿着刀的强盗，心里着实吓了一大跳……

你知道这位中年妇女是如何化解这一危机的吗？

答案在110页

《爱唱歌的女孩》答案：

因为有了父亲的支持，黎川就这样连续坚持了两年，终于，她拿到四川师范大学声乐专业的录取通知书，她成了村里多年来的第一个大学生。

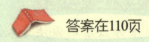

全家又开始为高达上万元的学费开始奔波忙碌。黎川也懂事地要减轻父母的负担。她参加了"爱心助学岗，同圆一个梦"活动，在"三一重工"通过勤工俭学她获得了人生的第一份工资，也第一次用麦克风清唱了她的第一首自己作词作曲的原创歌曲《永恒的信念》。爽朗自信的黎川说："我进入大学后，首先就要去找份兼职，勤工俭学，为家里减轻负担。"

就这样，黎川的每一步虽然走得很艰难，但是她自强不息的精神感动了每一个人，大家都说黎川一定会唱出最好的歌声，因为她有一颗最美的心灵。

第六章
自强不息的女孩最具成功特质

以前的我

一次车祸, 让我失去了左腿。

这是老天不让我实现梦想。

我从此一蹶不振, 因为我成为舞蹈家的梦想彻底破灭了。

现在的我

虽然我不能在地上旋转, 但是我经常去舞蹈班。

什么打击也不能击垮我的梦想。

有一天, 我要在轮椅上跳出最美的舞蹈。

以前的我

我从家到学校要走十几里的山路。

我不愿意上学,宁愿待在家里帮妈妈看小卖部。

现在的我

每天天还没亮我就出发去上学。

我背着书包进校门。

以前的我

我下岗了，以后家里更困难了。

妈妈下班回来说她下岗了。

妈妈，我不念书了。

我一听，马上就想到不去念书了。

现在的我

妈妈，你放心，我不会让你失望的。

我安慰妈妈。

勤工俭学，我也要把书继续念下去。

我在学校做义工。

◀ 以前的我

在一次地震中，我失去了爸爸妈妈，每天我以泪洗面。

> 我已经失去上学的意义了。

老师来劝慰我继续上学，我总是沉默流泪。

◀ 现在的我

> 爸爸妈妈希望我长大后做一名出色的律师。

看着爸爸妈妈的照片，想起他们对我的期望。

我抹掉眼泪，重新背上书包。

我的成长计划书

自强不息的女孩最具成功特质

有时候在学习上遇到困难，我只会抱怨自己没有好好听老师讲课；生活中遇到问题，我也总是在不断逃避。仔细想一想，在困难面前，我真的是一个怯懦的女孩啊！从现在开始，我要努力去改变，不再惧怕困难，也不再为自己的错误寻找借口。我要做一个面对困境自强不息的女孩，这样才可以获得成功的人生。

1. 虽然英语写作好难，但是我不能放弃，总有一天我会写出一篇好作文来。

2. 我在钢琴班的成绩比较落后，我要加强练习，我相信功夫不负有心人。

3. 学习成绩没有起色，不能给自己找理由。

4. 遇到困难我不能总哭鼻子，要想办法去战胜它。

5. 虽然有人说我没有绘画的天赋，但我还是要坚持学习，我一定要画出好的作品。

6. 我的体质太差，经常生病，要努力加强锻炼才行。

不会说话的影后

洛杉矶音乐中心的钱德勒大厅内灯火辉煌，座无虚席，人们期盼已久的第59届奥斯卡金像奖的颁奖仪式正在这里举行。

在热情洋溢、激动人心的气氛中，仪式一步步地接近高潮。主持人宣布：玛莉·马特琳因在《悲怜上帝的女儿》中出色的表演，获得最佳女主角奖。全场立刻爆发出经久不息的雷鸣般的掌声。玛莉·马特琳在掌声和欢呼声中快步走上领奖台，从上届影帝——最佳男主角奖获得者威廉·赫特手中接过奥斯卡金像。

手里拿着金像的玛莉·马特琳激动不已。她似乎有很多很多话要说，可是人们没有看到她的嘴唇在动，她把手举了起来，用手语感谢每一个帮助过她的人。

原来，这个奥斯卡金像奖颁奖以来最年轻的最佳女主角奖获得者，竟是一个不会说话的哑女。玛莉·马特琳不仅是一个哑女，还是一个失听者。

玛莉·马特琳出生时是一个正常的孩子。但她在出生18个月后，被一次高烧夺去了听力和说话的能力。

这位聋哑女对生活充满了激情。她从小就喜欢表演。8岁时加入伊利诺伊州的聋哑儿童剧院，9岁时就在《盎斯魔术师》中扮演多萝西。但16岁那年，玛莉被迫离开了儿童剧院。幸运的是，她还能时常被邀请用手语表演一些聋哑角色。正是这些表演，使玛莉认识到了自己生命的价值，克服了失望心理。她利用这些演出机会，不断锻炼自己，提高演技。

1985年，19岁的玛莉参加了舞台剧《悲怜上帝的女儿》的演出。她饰演的是一个次要角色。可就是这次演出，使玛莉走上了银幕。

女导演兰达·海恩丝决定将《悲怜上帝的女儿》拍成电影。可是为物色女主角——萨拉的扮演者，使导演大费周折。她用了半年时间先后在美国、英国、加拿大和瑞典寻找，但竟然都没找到中意的。于是她又回到了美国，观看舞台剧《悲怜上帝的女儿》的录像。她发现了玛莉高超的演技，决定立即起用玛莉担任影片的女主角，饰演萨拉。

玛莉扮演的萨拉，在全片中没有一句台词，全靠极富特色的眼神、表情和动作，揭示主人公矛盾复杂的内心世界——自卑和不屈、喜悦和沮丧、孤独和多情、消沉和奋斗。玛莉十分珍惜这次机会，她勤奋、严谨、认真地对待每一个镜头，用自己的心去拍，因此表演得惟妙惟肖，让人拍案叫绝。

就这样，玛莉·马特琳成功了。她成为了美国电影史上第一个聋哑影后。正如她自己所写的："我的成功，对每个人，不管是健全人，还是残疾人，都是一种激励。"

成长课堂

其实每个人都有自己的缺陷和长处，而对我们来说，最关键的是如何去发挥自己的长处，而不是一直只盯着自己的缺陷。找到你的长处并发挥它，这就是改变一个人命运的智慧。

如果你想成功，不管自身条件如何，都不能坐等和指望苍天，一切都取决于自己。

优秀女孩宣言

有了智慧的思考，奇迹就会在我们身边产生。

感谢
两棵树

　　一个女孩，从小就人见人爱。上学时是三好学生、班干部，初二那年参加全国奥数比赛，获得一等奖。17岁不到，她就被保送到某大学学习。命运在她接到大学录取通知书那年的暑假，跟她开了一个不大不小的玩笑：一次过马路时，一辆飞驰而来的车无情地夺去了她的双腿和左手。面对这飞来横祸，她消沉过，但她没有被打倒，最终凭着惊人的毅力自学完全部大学课程，后来又创办了自己的公司，成为一家拥有上千万元固定资产的私企老总，并当选为市里的"十大杰出青年"。然而，现在的她最想感谢的既不是给她巨大关爱的父母，也不是一直鼓励和支持她的朋友，她说，她要感谢两棵树！

　　遇到车祸之后，对从小就出类拔萃、自尊心极强的她来说，不啻为世界末日的来临。看看自己残缺不全的身体，她痛不欲生，感到人生再没有什么值得追求的目标和意义，她一度想要自杀。为了让她散心，转移一下注意力，在她出院以后，家人特意把她送到乡下的姑妈家静养。

　　在那里，她遇到了决定她生命意义的两棵树。

　　姑妈家在一个远离城市的小村子里，一天下午，姑妈家下田的下田，上学的上学，仅她一人在家。百无聊赖的她，自己摇动轮椅走出了那个小院落。

　　就这样，似冥冥中的安排，她与那两棵树不期而遇。

　　那是怎样的两棵树啊！在离姑妈家五六十米的地方，有两棵显得十分怪异的榆树，像藤条一般扭曲着肢体，但却顽强地向上挺立着。两树之间，连着一根七八米长的粗粗的铁丝，铁丝的两端深深嵌进树干里，活像一只长布袋被拦腰紧紧系了一根绳子，呈现两头粗、中间细的奇怪形状。

见她好奇的样子，一旁的邻居主动告诉她，起初是为了晾晒衣服方便，七八年前，有人在两棵小榆树之间拉了一根铁丝。时间一长，树干越长越粗，被铁丝缠绕的部分始终冲不出束缚，被勒出了深深一圈伤痕，两棵小树奄奄一息。就在大家都以为这两棵榆树再也难以成活的时候，没想到第二年一场春雨过后，它们又发出了新芽，而且随着树干逐渐变粗，年复一年，竟生生将紧箍在自己身上的铁丝"吃"了进去！

莫名地，她的心被强烈地震撼了：面对外界施加的暴力和厄运，小树尚知抗争，而作为一个人，又有什么理由放弃对生活的努力呢！面对这两棵榆树，她感到羞愧，同时也激起了深藏于内心的那份不甘——只见她用自己仅存的右手，艰难地从坐了半年多的轮椅上撑起整个身体，恭恭敬敬地给那两棵再普通不过、却又再坚强不过的榆树，深深地鞠了个躬！

很快，她便主动要求回到城里，拾起了久违的课本和信心，开始了属于自己的新的生活。

成长课堂

　　人们常说，心里有什么，眼睛就会看到什么。故事中的女孩，她的世界被她的心态左右着，当她终于鼓起勇气的时候，她的世界也马上变成了新的。如果我们也能像她一样，以积极的心态面对学习中的困难，那么我们将会得到无穷的动力。

优秀女孩宣言

我要用乐观的心态，寻找和享受学习当中的乐趣！

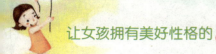

别让生命失去价值

1967年夏天，美国跳水运动员乔妮·埃里克森在一次跳水事故中，身负重伤，除脖子之外，全身瘫痪。

乔妮哭了，她躺在病床上辗转反侧。她怎么也摆脱不了那场噩梦，不论家里人怎样劝慰她，亲戚朋友们如何安慰她，她总认为命运对她实在不公。出院后，她叫家人把她推到跳水池旁。她注视着那蓝盈盈的水波，仰望那高高的跳台，她又掩面哭了起来。从此她被迫结束了自己的跳水生涯，离开了那条通向跳水冠军领奖台的路。她曾经绝望过。但现在，她拒绝了死神的召唤，开始冷静思索人生的意义和生命的价值。

她借来许多介绍前人如何成才的书籍，一本一本认真地读了起来。她只能靠嘴衔根小竹片去翻书，劳累、伤痛常常迫使她停下来。休息片刻后，她又坚持读下去。通过大量的阅读，她终于领悟到：我是残疾了，但许多人残疾了后，却在另外一条道路上获得了成功，他们有的成了作家，有的创造了盲文，有的创造出了美妙的音乐，我为什么不能？于是，她想到了自己中学时代曾喜欢过画画。我为什么不能在画画上有所成就呢？这位纤弱的姑娘变得坚强起来了，变得自信起来了。她捡起了中学时代曾经用过的画笔，用嘴衔着，开始了练习。

这是一个多么艰辛的过程啊。她的家人怕她不成功而伤心，纷纷劝阻她，可是他们的话反而激起了她学画的决心，她更加刻苦了，常常累得头晕目眩，汗水

模糊了双眼，甚至有时委屈的泪水把画纸也打湿了。为了积累素材，她还常常乘车外出，拜访艺术大师。好些年过去了，她的辛勤劳动没有白费，她的一幅风景油画在一次画展上展出后，得到了美术界的好评。

不知为什么，乔妮又想到要学文学。她的家人及朋友们又劝她了："乔妮，你绘画已经很不错了，还学什么文学，那会更苦了你自己的。"她是那么倔强、自信，她没有说话，她想起一家刊物曾向她约稿，要她谈谈自己学绘画的经过和感受，她用了很大力气，可稿子还是没有写成，这件事对她刺激太大了，她深感自己写作水平差，必须一步一个脚印地去学习。

这是一条满是荆棘的路，可是她仿佛看到艺术的桂冠在前面熠熠闪光，等待她去摘取。是的，这是一个很美的梦，乔妮要圆这个梦。终于，又经过许多艰辛的岁月，这个美丽的梦终于成了现实。1976年，她的自传《乔妮》出版了，轰动了文坛。又两年过去了，她的《再前进一步》一书又问世了，该书以作者的亲身经历，告诉残疾人应该怎样战胜病痛，立志成才。后来，这本书中的故事被搬上了银幕，影片的主角就是由她自己扮演的。她成了青年们的偶像，成了千千万万个青年自强不息、奋进不止的榜样。对于自强不息、奋发向上者来说，身体的残疾不是障碍，只要信心不垮，仍能做出令自己吃惊的成绩。

成长课堂

让生命发挥出最大的能量，这是每一个人的目标，因为既然我们得到了如此美好的生命，又怎么能不去爱她，珍惜她呢？可是对于处于困境中的乔妮来说，这一切做起来确实很艰难！而让人高兴的是，她终于做到了！

优秀女孩宣言

只有让我的生命释放出最大的能量，才是我无悔的人生。

震动

天地的愿望

　　11岁的美国女孩麦琪患了一种疾病，这种病属于神经系统方面的，很难治疗。患病不久，麦琪已经无法走路，连举手、吃饭也受到诸多限制，身体日渐衰弱。医生对她能够康复并不抱太大的希望，因为在医疗史上，患这种疾病的人几乎没有能够康复的，他们预测她的余生将在轮椅上度过。在这种灰色气氛下，麦琪并不畏惧。她躺在病床上，向任何一个愿意倾听她诉说的人发誓，总有一天她会站起来走路。她还说，她要在跑道上跑出每秒9米的好成绩。

　　根据需要，麦琪被转诊到一所位于旧金山湾区的复健专科医院，所有适用于她的治疗方法都用上了。这里的治疗师被她不屈的意志深深折服了，他们教她运用想象力来进行自我治疗，这种方法就是不断想象自己在走路。虽然这种想象法可能不能使她走路，但至少能够给她希望，让她在冗长乏味的病榻时日里，能有一种积极向上的精神状态。

　　在旧金山的日子里，不论是物理治疗、药物治疗，还是运动治疗，麦琪都竭尽全力配合。躺在床上时，麦琪也认认真真做想象的功课。她反复想象自己能迈步了，能小跑了，真正能像常人那样行动了……

　　有一天，当她再度使尽全力想象自己的双腿能够行动时，奇迹似乎真的发生了：床动了！床开始在房间里到处移动！她大叫："看啊！看啊！看看我！我动了！我可以动了！"

此时，医院里每一个人都在尖声叫着。他们在大吵大嚷的同时，不是去向麦琪道贺，而是寻找遮蔽物。旧金山大地震发生了！医疗器械接二连三地倒地，窗户上的玻璃也碎裂了。在一片混乱情景下，那些被麦琪不屈不挠精神所感动的人们没有忘记一条，就是相信麦琪真的能行动了，而不是告诉她是地震在作怪！

短短的一年时间后，麦琪又回到学校上课了！她是用她的双脚来走路，而不是用拐杖，也不是用轮椅。并且，她在朝每秒9米的短跑速度迈进。瞧，11岁的麦琪"震动"了旧金山地区的土地。假若你也能震动大地，那么你也能做出凡人所不能做出的事情。什么样的东西能震动大地？顽强精神便是其中的一种！你说是不是？

当然，旧金山大地震与麦琪的治疗风马牛不相及，两件事情纯属巧合。任何一件多么感人至极的事情，也不会感动大自然，但是每个人都应该有这样的想法：努力去做，说不准真的会感动天地！

成长课堂

　　走出困境首先是要靠意愿，之后才是靠方法。面临着巨大的挫折，只能用自强不息的坚定信念来支撑生活。有一句话这样说，"要让事情改变，你必须先改变，要让事情变得更好，你必须先把自己变得更好"，让我们共勉吧！

优秀女孩宣言

　　我在面对巨大挫折时，也要有这样的信念。

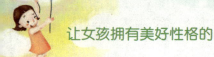

让女孩拥有美好性格的 62 个故事

用双手改变命运

二十多年前，出生于青岛的臧健和带着两个女儿来到了举目无亲的香港，那时候，她身上仅有几百元港币和几百元人民币。就是这样一个决定，改变了她自己日后的整个生活，也改变了紧随着她的两个女儿的命运。

母女三人先在香港铜锣湾附近一幢旧楼仅4平方米的房间里安下身来。一家人要吃饭，要付房租，两个孩子还要念书……面对生存的压力，一个柔弱的母亲坚强地挑起了这副生活重担。

由于不会讲广东话，她只能从事一些"不用说话，不用交流"的简单体力劳动。那时，她一天只能睡四五个小时，吃的苦、受的累数也数不清。

她购置了必要的工具，推起承载母女三人全部生活希望的小木车，在香港繁华的湾仔码头边摆起了水饺摊。

买馅料，熬靓汤，在码头上边包边卖，臧健和每天天不亮就得起身，忙到晚上11点钟最后一班渡轮离去。两个女儿早上一块儿上学，下课后便换下校服到码头帮助妈妈洗碗、包水饺。虽说是自己给自己当老板，没有人吆三喝四，但其中的甘苦，只有母女三人清楚。"冬天时，一双手冻得通红，海风一吹伤口就暴裂，但两个孩子很懂事，没有怨过一声。"臧健和后来回忆说。

日子就在艰难中一天一天过着，值得欣慰的是臧健和的水饺受到越来越多人的喜爱。水饺销路日益看好，"湾仔码头臧姑娘水饺"的名声渐渐地传了开来，臧健和把自己的水饺叫作北京水饺，以表明这是地道的中国水饺。

湾仔码头进行改建时，臧健和想改变生意策略扩大经营，但那时她没有太多的资金开铺子，又觉得不抓住机会实在太可惜。刚巧香港特区政

女孩卡片

向往马尔代夫的阳光海滩

马尔代夫的海是早就声名远播的。在马尔代夫，时间，是光明正大地用来恣意浪费的。阳光太多、海水太蓝、时间太多、美女俊男太多，这些"太"成了马尔代夫独特的赤道风情。赤着一双脚在细白的沙滩上感受马尔代夫的体温；泅泳于海洋里，聆听马尔代夫的心跳频率。忘记时间、忘记工作，尽情地吃喝玩乐，是上帝允许你在这儿的放纵。

府要拆迁她居住的木屋，补偿了她3万多元钱。这笔资金对臧健和来说，无疑是雪中送炭，使她有了扩大经营的条件。从此之后，她的水饺一路畅销，势不可挡。

1991年，"香港贸发局"将她主理的北京水饺评为香港名牌产品，并邀请她在当年的国际美食博览会上向贵宾表演包水饺。"湾仔码头北京水饺"受到了中外嘉宾的一致好评，称它是一种具有国际流行口味的食品。臧健和也被誉为"水饺皇后"。

她的水饺一步步得到市场认可，开始进入香港多家著名超市。在以后的不到10年间，她相继开办了3家水饺厂或前铺后厂，成为名副其实的"水饺皇后"。

臧健和的理想很远大，她要把事业发展得更加壮大，延续得更加久远，让中国的水饺像汉堡包一样普及到全世界。

时至今日，臧健和的"湾仔码头北京水饺"占领了香港10%的新鲜水饺市场、30%的冷冻水饺市场。并且，她已投资2亿多元人民币在上海、广州建厂生产，正式进军内地市场。

成长课堂

生活对每一个人都是慷慨的，只是有些时候这些慷慨并不是在表面，而是隐藏在苦难的身后到来，只有打败这些苦难，我们才能找到生活给予我们的最慷慨的恩赐，那也是每个人找到自己人生价值的时刻。

优秀女孩宣言

面对困难，我相信成功就在它的身后，所以我必须击败它才能获得成功。

让生命一目了然

　　她原本应该拥有一个不幸的童年，因为医生的疏忽，在出生时把她的右眼给弄瞎了。多亏幼年时的无知和懵懂拯救了她，因为在她的思想里，并不知晓"自己右眼是瞎的"这个概念，所以，她才得以和其他小伙伴一样，过着快乐无忧的生活。

　　但是，随着年龄的增长，她也逐渐开始明白事理。有一次，学校检查视力，她才发现别人都是用两只眼睛看东西，唯有她自己一眼独明，这令她好不悲伤。更可怕的是，当同学们知道这个事实以后，开始争相嘲讽她是"独眼龙"！这对她无疑是伤口上撒盐，她逐渐变得离群索居，每天形单影只地过着自己的生活，生怕别人嘲笑的"石子"给她的心灵带来难以承受的惊涛骇浪。即便如此，她逃开了同学的羞辱和刺激，却逃不开自己的心狱，"独眼"这样一个事实没有一天不像一条毒蛇一样，吞噬着她的心。

　　后来，她读了初中，那是一次学校组织的春游，所有的同学都兴高采烈地来到郊野自由自在地嬉戏，唯有她，始终郁结在心，无法释然。其他同学都成群结队地活动，他们有的到油菜花丛中捕蝴蝶，有的在田埂上对歌，有的嚼着草根躺在草地上晒太阳。但是，性格逐渐孤僻的她却无心关注这些，她不声不响地走

进了一片墓地，那里荒草恣肆，墓碑林立，一眼望上去就令人毛骨悚然。但是，她并没有停住脚步，继续往里走。突然，一块高大的古墓碑闪入她的眼帘，碑上赫然刻着"××王妈先×之墓"几个大字。看到这里，她的心不由得猛地一颤，接着便禅悟般地惊醒了——她暗想：春光明媚，阳光灿烂，若不去尽情享受大自然的恩赐，与躺在坟墓里的王妈何异？与其悲叹命运的不公，倒不如在有生的日子里尽情地欣赏世界！为什么非要跟自己过不去呢，洒脱一点，谁能说一目就一定平庸呢？

后来，她再也没有被自己身体上的遗憾所累，她想：手术失败才导致她右眼失明，这只能说明医生是失职的，上帝赋予了我生命，我不能再让自己失职啊！就这样，擦去了心理盲点的她，积极乐观地投入到了自己的学习和生活中去。

再后来，她成了一位著名的陶绘艺术家，她的名字就叫吕淑珍！

世事难料，命途流转。当命运不负责任地跟你开了一个玩笑后，你是恼羞成怒，还是顺势开怀一笑呢？一代陶绘大师吕淑珍以她的亲身经历激励着我们：人生如海，当我们的生命之帆出现了破损时，请不要悲观沮丧，只要我们心中装着乐观的"风向"，手中握紧坚定的"双橹"，那么，险滩过后，胜利的码头就会惊奇地闪现了！

成长课堂

　　如果你拥有追求梦想的想法，说明你现在离目标依然很远，因为它只存在于你的脑袋里面，可望而不可即；如果你已经开始为梦想付出，说明你正慢慢靠近自己理想的彼岸，因为梦想再远，只要在前行就有到达的一天。

优秀女孩宣言

任何困难都无法让我停止追逐梦想的脚步。

优秀女孩训练营

读了这么多精彩的故事, 和故事中的主人公比起来, 你觉得自己能成为一个自强不息的女孩吗? 不妨来训练营锻炼一下自己吧!

爱唱歌的女孩

　　黎川, 来自长沙市望城县莲花镇一个普通农民家庭。一家四口, 父母亲及70多岁的祖母和她目前还住在破烂的土砖房中。黎川从小就对音乐有着浓厚的兴趣, 尤其喜欢唱歌, 常常听着隔壁邻居的广播、录音机, 拿着扫帚头当麦克风学唱歌, 她还经常和父亲一起表演节目, 自娱自乐。

　　进入高中后, 经老师介绍黎川了解到学好艺术专业也能上大学, 于是她选择声乐专业进行钻研学习。父亲知道女儿的想法后表示全力支持, 但是学习声乐知识需要高昂的学习费用, 父亲便利用农闲进城打零工, 经常将一两个星期赚到的一两百元拿去帮女儿交学费。黎川是一个特别用功的女孩, 每周从农村到长沙城区跑60多公里的路去学习专业知识, 回家后仅凭一台最简陋的复读机练习自己的声乐, 从来没有乐器伴奏, 从来没有用麦克风唱过歌。

　　你觉得黎川同学会坚持自己的梦想、用一种自强不息的精神面对种种困难吗？

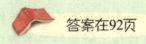答案在92页

《微笑的力量》答案:

　　她马上镇静下来, 对强盗微笑着说:"先生, 你是来推销菜刀的吧, 我刚好需要换一把菜刀呢。我家的那把菜刀已经用了几十年了, 都生锈了, 也该换一换了。你这一来, 省得我再去买了。你先进来坐一坐, 我去给你倒杯水喝。"

　　这位男子被主人的热情和微笑感化了, 将错就错, 把菜刀卖给了中年妇女。从此以后, 他改邪归正, 再也没有去抢劫。

第七章
独立自主的女孩最具个性魅力

◀ 以前的我

妈妈，别松手啊，我怕摔！

妈妈教我骑自行车，一直给我扶着车子。

我怎么这么笨，一直都学不会。

我不能自己骑。

◀ 现在的我

妈妈，你别怕我摔着，该放手就放手吧！

在上自行车前，我和妈妈商量。

我终于可以自己骑自行车了。

以前的我

爸爸妈妈在桌上给我留字条: 我们今晚加班, 不能回来做饭, 你自己弄吃的。

我自己泡了一碗方便面吃。

现在的我

我在厨房里有条不紊地做炒饭。

我的炒饭做得很好吃。

以前的我

面对桌上的"学习计划"几个字，我不知道该怎么写。

我找来爸爸，让爸爸帮我写。

现在的我

我把爸爸推出门去。

我认真地在纸上写下一条条学习计划。

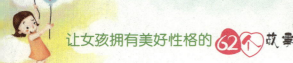

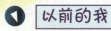 **以前的我**

可可，去乡下给奶奶送点东西吧

爸爸递给我一包东西。

我怕在路上遇到危险，我不去！

这个任务太艰巨了，我摆手不去。

现在的我

放心吧，交给我了。

我高兴地接过这个任务。

我踏上了去往奶奶家的班车。

我的成长计划书

独立自主的女孩最具个性魅力

从小在爸爸妈妈、爷爷奶奶还有姥姥姥爷的照顾之下长大，我发现自己越来越依赖他们了！穿什么样的衣服，吃什么样的饭，家长们都会为我作出决定，并且要求我按照这个决定去做，久而久之，我也习惯了。这导致我在别的方面也无法做出自己的判断。这一次爸爸问我是喜欢画画还是喜欢音乐，我说让他来帮我决定，爸爸批评了我。看来我要做一个独立的人，还真得从小事做起啊！

1. 我要洗自己的衣服，这是学会独立生活的第一步。

2. 对于自己的零用钱，我要做一份详细的规划，独立管理自己的财务！

3. 老师要求做的课外作业，我要自己去寻找答案，不能总是向爸爸求助。

4. 我已经长大了，我可以独自回家，锻炼自己应对交通的能力。

5. 对于兴趣课的选择，我不能只听爸爸妈妈的安排，我也要提出自己的意见。

6. 独自在家的时候，我要让自己好好安排生活，而不是总打电话问爸爸了。

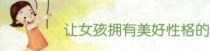

自己开门

那年小美5岁，那晚寒风凛凛。已经记不清到底因为什么惹父亲发脾气，只记得他一怒之下把小美拎到了街门外面，一句话也不说就插上了门闩。

街门外，漆黑一片，什么也看不到。寒风刮到脸上，又冷又疼。站在黑暗中，所有可怕的东西一瞬间从四面八方涌来，奶奶常讲的专吃小孩的黑狸猫，爷爷见到过的拐卖小孩的老疯人，还有查理，小美最害怕的屠夫。

也就在小美最害怕的那一刻，邻居家的狗不知为什么歇斯底里地叫起来，小美哇地哭了出来。她的哭声就好像警笛一样响亮，因为小美想向家人传递一个信号，告诉他们我很害怕，我需要你们的帮助。

以往，不管因为什么原因遭到父亲的训斥，只要小美一哭，奶奶就会护着小美，姑姑也会跑来抱着她，不让任何人碰她一个手指头。小美以为这次她的哭声依然能招来奶奶，奶奶会用她温暖的棉袄把小美抱回去。

但是，嗓子都快哭哑了，依然没有听到奶奶的脚步声。小美很奇怪，为什么家人都不管自己了，想到这些，她的哭声慢慢小了下来。但是她却听到了父亲的声音，只听到父亲的吼声"就会哭，今天没人给你开门。"

父亲的话让小美明白哭已经无济于事，如果奶奶已经被父亲说服，那么家里已经没有人敢给小美开门了。想到这里，小美止住哭声，开始使劲推门。那时候街门是两扇对开的，使劲推能推开一个小缝，伸手就能够到门闩。小美使出吃奶的力气推门，并把手伸进去，够着门闩，一点一点地挪动，也不知过了多长时间，门终于被小美弄开了。

站在院子里，小美看到奶奶、父亲、母亲，还有脸上流着泪的小姑。长大以后才知道，那晚奶奶并不是没有听到小美的哭声，小姑已经走到了门后，母亲还因为此事和父亲吵了起来。

女孩卡片

《何处是我朋友的家》(伊朗)

在伊朗的乡村小学，老师警告小学生木汗德道：如果再不把作业写在作业本上就开除你。可是当天放学后，阿穆得却发现自己不小心把同桌木汗德的作业本带回了家。阿穆得决定马上归还本子。在大人都拒绝帮忙的情况下，阿穆得只好独自踏上了艰苦漫长的寻找之路。他带着作业本千辛万苦终于找到了同学的家，却最终没有找到人，他只好替朋友做了作业。次日，老师检查作业，阿穆得及时把写好作业的本子交上。由此化解了迫在眉睫的惩罚，两个孩子也得到了珍贵的友谊。

但父亲阻挡了所有人对小美的援助，他说，"让她自己开门进来。"也正是那晚的独自开门，让小美明白：任何人的帮助只能是一时而不是一世，想回家，必须自己开门。小美渐渐独立起来。

小美长大之后，果然成了一个不让父亲失望的女孩子，一直都努力争取做到最好。在别人询问她为什么可以这么优秀的时候，小美笑着说："其实我不优秀，我只是知道，要想进去，就只有靠自己去开门。"

成长课堂

想要获得成功，唯一的办法就是自己去推开那扇门，这个简单的道理父亲就是通过这个方法让她明白的。没有人会为你打开门的时候，我们就自己伸出手，这样做其实很简单。

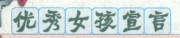

优秀女孩宣言

自己伸手去推开成功的大门，这件事其实不难。

记住冬天里的一只蚊子

德国女总理安格拉·默克尔是当今世界上令人瞩目的女政治家之一，她的那种处变不惊的铁娘子形象给人留下了深刻的印象。安格拉·默克尔从小就是一个优秀的女孩子，她思路敏捷，兴趣广泛，在学校一直是品学兼优的好学生。14岁那年，小安格拉满怀信心地参加学校学生会主席职位的竞选，可是，从前被视作天之骄子的安格拉却遭到了惨败，同学们指责她不苟言笑，缺乏亲和力；思想保守，缺乏创造性，完全不适合担任学生会主席。小安格拉无法接受别人的批评，伤心得好几天连学校都不愿意去。

安格拉的父亲卡斯纳尔是一名知识渊博的教会牧师，他非常了解自己的女儿。为了使女儿能够以正确的心态来对待人生的挫折，卡斯纳尔给女儿讲述了自己亲身经历的一个小故事：一个隆冬的早晨，屋外寒风凛冽。在上卫生间的时候，卡斯纳尔忽然发现在镜子的左上角有个小黑点，仔细一看，原来是一只个头很大的蚊子。纤细的足，长长的嘴，腹部有纹，模样非常丑陋。他扬起掌，准备狠狠拍下，蚊子却抖动翅膀，在空中盘旋了两圈，停到卫生间的墙角里去了。

突然，卡斯纳尔隐隐地有一丝感动，便不再去追打这只蚊子。在心里，他有三条理由放它一条生路：第一，它是一只英雄的蚊子。天寒地冻，它的部落成员们早都销声匿迹了，而它却能挑战自己的身体极限，坚强地站立在严酷的环境里。第二，它是一只有活力的蚊子。经过了严酷的自然选择，它依然肢体强壮，灵敏如常，这生命已经算得上是一个奇迹了。第三，它是一只热爱生命的蚊子。在同类都已经死去的情况下，它还能乐观地活着，怎不让人佩服呢？

　　卡斯纳尔把自己奇特的感受告诉了妻子，妻子则不以为然。她的一句话，使卡斯纳尔不得不重新思考这只孤独的蚊子。妻子说："假如说我们家的卫生间并不是现在这般温暖如春，这只蚊子还会生存吗？很显然，这只蚊子是一只贪图温暖安逸而不知危险已至的愚蠢的蚊子！它是该死的！"结果，那只孤独的大个子蚊子被妻子拍死，死去时并没有给人英雄牺牲时的悲壮之感。

　　讲完这段经历之后，卡斯纳尔语重心长地对女儿说："同样一只孤独的蚊子，我们对它却有两种截然不同的认识和评价。亲爱的孩子，在生活中，当有人赞扬我们是英雄或者贬低我们为狗熊的时候，那不过是他们把自己的某些想法强加在我们的身上而已，并不代表我们真的就伟大或者渺小。正如这一只孤独的蚊子一样，毁誉并不能改变它的属性，我们永远是我们自己！不要被他人的口舌左右！"

　　小安格拉忽闪着大大的眼睛注视着父亲，聪明的她明白了父亲话语中的深意，从此以后，这个小姑娘不再看重别人的评论，而是按照自己的人生理想，不断地奋斗拼搏，一步一步地走向成功。当人们采访这位女总理时，她曾经非常自豪地说："我这一生最不能忘记的是父亲所说的那只蚊子，它帮我走过了许多人生困境。"

成长课堂

　　同样一只孤独的蚊子，人们对它却有两种截然不同的认识；同样的一个人会因为评价者的好恶而得到完全相反的评价。坚持走自己的路，做自己心灵的主人，才能成就光辉的人生！

优秀女孩宣言

　　不管别人怎么说，我坚持做我认为是对的事情。

让孩子自己走

安丽斯在芬兰的住所前后都是树林，却有不同的风景。前面，一片平地上有两架秋千、一间小屋、几条凳子和一个大棚，棚内地上铺满沙子。

一天，两个4岁模样的孩子拖着船形的滑雪板，上面放有小书包、靠垫、小铁铲和小畚箕等，踩着齐膝深的厚雪，连跌带爬地推开小屋的门，进去了，门关上了。好半天也不见出来，安丽斯好奇又着急，室外是－10℃啊！朋友维德说："不用急，他们肯定玩得正欢呢。"

时间一长，她发现凡有民居的地方，都有这些器具，专为孩子们准备的。凳子是休息的，秋千是练胆量的，木棚是供孩子们在大雪覆盖时照样有一块沙地可以活动。小屋内有小桌子、小凳子，墙壁上有各式各样的儿童画，是孩子们活动的小天地。活动的内容，全由孩子们自己决定。活动结束，他们也许讲给大人听；如若不讲，大人绝不去问；如果父母陪同来，只能在门外等候，也不许偷看，不然就是不尊重人，也算侵犯隐私权。

后面，一个土丘，满是松柏，覆盖着厚厚的雪。下了土丘不远，是一所九年制的学校。学生们往返于学校、家庭，宁可"翻山越岭"，也不愿走平地绕圈子。这对大孩子来说，困难不大，况且他们中有人还带着滑雪工具，伺机便滑一程；而对那些低年级的孩子们来说，困难就大得多了。这些孩子们背着大而沉的双肩包，足以遮挡住他们的上身。没有大人接送，全凭他们那穿着连衣皮靴的小脚，插进齐膝深的厚雪，又拔出来，再插再拔，慢慢地向前挪动。有的脚拔不出来，想用手撑一下帮忙。结果手也插进去了，人便趴在雪被上。这时他们不叫不哭，不企求别人帮一把，安丽斯见过多次，孩子走路跌倒了，或者陷在雪地里了，大人就站在旁边看，不吭声，不指点，硬等孩子自己爬起来。

一次去滑雪场，见一男子后面跟着一个小孩，最多5岁。不一会儿，孩子就陷进雪里动弹不得了。那男子只管向前走。安丽斯大步上前，想抱起孩子。男子觉察了，摇手阻止安丽斯，咕噜了几句，继续向前走去。孩子不哭，不急，只是努力地拔出小脚，但没站稳，便顺着坡势滑向人行道；爬起后，又走上雪坡，追赶那位男子。挪威一个小儿科研究中心的医生说，北欧四国对孩子跌倒的态度是：丹麦，父母立刻哄而安慰；瑞典，父母马上研究如何预防此类事件再发生；挪威，父母叫孩子站起来，不要哭；芬兰，父母不骂，不安慰，由孩子自己爬起来。陪安丽斯去滑雪场的朋友告诉她：那男子的"咕噜"，是说"孩子的路由孩子自己走"。

成长课堂

让孩子自己走，这是个很多人都明白而没有多少人会去执行的道理，对于一个孩子来说他要走的路很长，没有人可以扶持着他一直走一辈子，所以他必须学会自己走路。家长们之所以不能放开自己的手，正是搞不清楚这一点。

优秀女孩宣言

自己走，是为了让我自己去面对生活。

让自己 站出来

美国科罗拉多州有一个年轻女孩叫艾薇儿，她刚刚开始学做生意。

一周前，艾薇儿听说百事可乐的总裁卡尔·威勒欧普要到科罗拉多大学来演讲，于是立刻打电话找到卡尔·威勒欧普的助手，希望能找个时间和他会面，讨教一些经商的经验。

可是那个助手告诉她，卡尔·威勒欧普的行程安排得很满，顶多只能在演讲结束后的15分钟内与她碰一下面。

于是，在卡尔·威勒欧普演讲的那天，艾薇儿早早就来到科罗拉多大学的礼堂外守候着。

卡尔·威勒欧普演讲的声音以及听众们的笑声和掌声不断从里面传来，不知过了多久，艾薇儿猛然惊觉：预定时间已经到了，但是演讲还没有结束。

卡尔·威勒欧普已经多讲了5分钟，也就是说，他和自己会面的时间只剩下10分钟了。

这时，艾薇儿当机立断，作出一个决定。她拿出自己的名片，匆匆在背面写下这样几句话："先生，您下午两点半和艾薇儿·荷伊有约会。"

然后她做个深呼吸，推开礼堂的大门，直接从中间的走道向卡尔·威勒欧普走去。威勒欧普先生原本还在演讲，见艾薇儿走近，他停了下来。

　　艾薇儿把名片递给他，随即转身从原路走回。她还没走到门边，就听到威勒欧普先生告诉台下的听众："抱歉各位，我两点半有个约会，但显然我已经迟到了，所以我必须结束演讲。谢谢大家来听我的演讲，祝大家好运！"然后就走到外面。

　　他看看名片，接着看看艾薇儿说："我猜猜看，你就是艾薇儿。"他说着就露出了微笑，把右手伸了出去。他们的手紧紧握在了一起。

　　结果，那天下午他们谈了整整30分钟。威勒欧普不但告诉艾薇儿许多精彩动人、让艾薇儿到现在都还常拿出来讲的故事，还邀艾薇儿到纽约去拜访他和他的工作伙伴。

　　不过威勒欧普给艾薇儿最珍贵的东西，还是鼓励她继续发挥先前那种面临忽然改变的局势做出自己判断的能力，不管是生活还是从事商业活动，在任何地方，我们都会遇到这种时刻，你无法掌控的局面出现，而你又没有任何人可以商量，这个时候，你需要让自己站出来，为自己作出决定，并把它付诸实践。这么做很需要一个人的魄力，但是它确实可以改变你的人生。

成长课堂

　　每个人都希望自己有一个表现的舞台，都渴望成功的感觉，可总是忘记了一条：在追求成功的道路上，首先需要有莫大的自主能力……虽然任何成功都有运气的成分，但是首先要有勇气去尝试，这样，当运气来临时，你才能够抓住机遇。如果没有自主能力，你永远都不会拥有任何机会。

优秀女孩宣言

　　当你一个人去迎接战斗的时候，正是需要鼓起勇气的时候。

我要靠自己

青海农家少女，一个14岁的女孩，因为一次电视策划活动，她和城市的一个富家少女互换了7天人生，节目打出的议题是："7天之后，她还愿意回到农村吗？"七成的观众都预测，她难以抵挡城市的诱惑，不愿意回去。

她以前的生活是那么艰难，一年也吃不到几次好吃的，可是现在到了城里，她每天都是大鱼大肉，并且还有保姆为她做饭，不需要她动手。她羞涩而好奇地享用着这一切，认为梦一样的生活终于变成了眼前的现实。她喜不自胜，观众也为她高兴，也越来越相信她会沉溺在这种生活中，不愿意回到农村去。

谜底却提前揭晓了——7天还没结束，女孩的父亲不慎扭伤了脚，当她得知这个消息时，女孩立刻要求赶回家乡。"为什么急着要走？父亲的脚伤不是大事，难得来一次城里。"节目的编导极力挽留着她，希望她可以完成这期节目再回去，何况女孩自己也那么喜欢城里的生活。但是，出乎所有人的预料，女孩只说了一句："我的麦子熟了。"

回村之后，女孩仍然五点半钟去上学，啃小半个馍馍当午饭，学习之余割麦挑水；仍然是补丁长裤配布鞋，刻苦读书不改初衷。因为她说："只有不断学习，才能真正走出大山，改变命运。"

记者问她："你为什么不待在城里呢？那里的条件那么好，要什么有什么，有漂亮的衣服，有好玩的玩具，还有很多好吃的，都是这里没有的。"

女孩笑了笑，说："那都是别人的呀！"

记者说："可是别人会给你啊，你看我们节目为你提供这些都是无偿的，你不需要付出任何的东西，只需要吃喝玩乐就可以了。这是多么轻松的一件事，你难道还不愿意吗？"

女孩看了记者一眼，不笑了，她似乎经过了一番思索，说："就算是你们给我，那也不能算是我的，我是

会跑的闹钟

这是一款让人又爱又恨的闹钟，它的名字叫"hide and seek"，它不仅具有一般闹钟的鸣叫配置，更多出来两个轮子，当设置的唤醒时间一到，它就会一边发出声音一边到处跑，如果你想让它停止发声，就必须先捉住它。但小巧的它却可能已跑到任何地方，桌子下面、床下面都是它最喜欢去的地方，当你费了九牛二虎之力捉住它的时候，相信满头大汗的你也已睡意全无了。想改掉睡懒觉的坏毛病的女孩们可以试试哦！

舍不得城里那些玩具和好吃的，可是我也知道，我要得到它，只有通过自己的努力，否则，就算别人给我，我也不会觉得好吃或者好玩。因为我知道终究有一天，你们会收走那些东西的，不是吗？"女孩的话，让记者无言以对。

在结束采访的时候，女孩对着镜头开心地笑了，她朝观众们挥动着手臂，说："我要靠自己！"然后义无反顾地走向了自己家的草房。

成长课堂

这是一个无比坚强的女孩，虽然她喜欢城里的花花世界，但还是勇敢地回到了自己的起点，因为她知道别人的赠予并不属于自己，要想获得这些东西，只有靠自己的努力。我们有理由相信，这个女孩一定会获得所有她想要的东西。

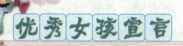

优秀女孩宣言

我想拥有美好的一切，但是我知道这一切都要靠我自己去争取。

做一件 属于自己 的事

丽贝卡出生在一个大家庭里。她有三个姐姐、两个哥哥、一个妹妹和一个弟弟。由于孩子太多，父母根本没有精力顾及到每一个孩子的心理。他们总是把最

小的孩子抱在手里，而其他的孩子就只能让哥哥姐姐照顾了。丽贝卡从小就非常渴望能够得到父母的赞扬和鼓励，每做一件事都严格要求自己，想把事情做到完美无缺，以此来博得父母的赞美和鼓励。但是父母通常根本就没有注意到她，这让丽贝卡很是失望。久而久之，她就越来越没有自信了。

丽贝卡长大以后，嫁给了一个非常成功的商人，婚姻美满幸福，可是一直伴随她的坏习惯——缺乏自信——仍然跟随着她。唯一使她能相信自己是个有用之人的地方是厨房，她喜欢做汉堡包，蛋糕做得也不错，更擅长做意大利面。

丽贝卡非常渴望成为一个受大家尊敬且信心十足的人，因此，为了完成自己的愿望，她鼓起勇气从家务中走了出来，决定去做一件属于自己的事情。最终，她选择进入餐饮业。因为丽贝卡的公公婆婆以及她的丈夫经常说她做的饭菜非常好吃，甚至超过那些餐厅的大厨师。这是自己的一个优势，所以丽贝卡决定将这个优势发展一下。

可是，一听到丽贝卡要开餐馆，一

家人都感到很震惊。婆婆说："这个主意你是怎么想出来的？它简直荒唐到了极点。"丈夫也说："这事太难了，快别胡思乱想了。我们家并不缺钱。"

但是，家人的反对与劝阻并没有对丽贝卡起到多大的作用，她依然坚定自己的信念，决定按自己的想法去做。

丽贝卡的饭馆正式开张的那一天，非常冷清，竟然没有一个顾客光临。这使丽贝卡很受打击，她几乎要被冷酷的现实击垮了。她好不容易决定冒一次险，而这一次冒险看起来要将她彻底击败。她开始怀疑自己的决定，开始相信丈夫和父母的说法是对的。

但是人就是这样，当你已经尝试了第一次冒险的滋味后，以后再去面对风险就没那么恐惧了。丽贝卡并没有被眼前的困难击败，她决定继续走下去。她一反平时胆怯羞涩没有自信的窘态，亲自做好了几道菜，摆在路旁的餐桌上，请每一个过往的行人品尝她的杰作。

这一招果然取得了非常好的宣传效果，所有尝过她的菜的人都夸赞她手艺高超。从第三天开始，她的生意就好了起来。

一年后，她的小餐馆经营得有声有色，还开了几家连锁店。一家人对她刮目相看。

成长课堂

遇到自己想要做的事情时，不妨大胆些，不要畏首畏尾，被胆怯束缚，只要认准了自己的道路，就要充满信心地放手一搏，及时迈出决定性的第一步。只有不断努力才会有更多选择，只有敢于迈出第一步，不回头，不后悔，不跟风，不动摇，你的命运就会像你所想象的那样，充满激情与希望。

优秀女孩宣言

认准了就去做，做了就坚持，坚持了就会胜利，不到最后一刻决不要轻言放弃。

读了这么多精彩的故事，和故事中的主人公比起来，你觉得自己能成为一个独立自主的女孩吗？不妨来训练营锻炼一下自己吧！

小菲的"独立运动"

在家里，小菲从来都是一个衣来伸手饭来张口的人，因为她有爸爸妈妈的疼爱，还有爷爷奶奶的宠爱，就连姥姥姥爷也是隔三差五就给她送来好吃的。久而久之，她就变成了一个依赖性特别强的人，让她去做什么都做不好。

有一次，爸爸生病了，妈妈周末又要加班，中午的时候，爸爸发现家里的常用退烧药用光了，于是便给了小菲钱，让她去药店买药。小菲皱着眉头答应了，因为她从来都没有去过药店。过了一个小时，小菲还没有回来。爸爸很着急，急忙打电话给爷爷，让他去找小菲。最后，爷爷在小菲家附近找到了她，原来她到了药店才发现丢了爸爸给她写的有药品名的纸条，所以不敢回家了。

通过这一次的教训，爸爸发现小菲需要锻炼一下独立性了。于是，他向小菲发出了"独立运动"的号召。

同学们，你觉得小菲爸爸制订的"独立运动"都包括哪些内容呢？如果是你，你要怎么去锻炼自己更独立呢？

答案在74页

《赞美的力量》答案：

"我是想使人们恢复爱心，"她说，"只有这样才能拯救这个城市。"

"一个人怎能拯救这个城市？"

"不是一个人，我相信我已使那个计程车司机今天整天都心情愉快。假定他今天要载客20次，他将会因为曾经有人待他好而待他那些客人也好。然后他那些客人也会如此而对他们的雇员、店主、侍者甚至自己的家人更加和颜悦色。而那些人也会因此而待别人好。到最后，这份好心善意可能传达给至少一千人。这样并不坏吧，是不是？"是的，情绪是会传染人的，我们的爱心也会在彼此的交流沟通中相互传递。举手投足之间的善意可以带给别人快乐。只要我们相信，只要我们去努力。

第八章
宽容诚实的女孩最值得信赖

◀ 以前的我

可可，我妈要问你，你就说我在你家做作业啊！

好朋友贪玩，打电话让我帮她撒谎。

没问题，友情第一。

我毫不犹豫地就答应了。

◀ 现在的我

不行，我不能骗你妈妈。

我拒绝了她。

你主动承认错误吧，你妈妈会原谅你的。

我让她也不要撒谎。

129

◀ 以前的我

可可，你有没有看到桌上的10元钱？

妈妈在桌上找钱。

惨了，我已经拿去买零食了。

我把脑袋摇得像拨浪鼓。

◀ 现在的我

妈妈，我再也不随便拿你的钱了。

我向妈妈认错。

不重要，重要的是你说实话。

妈妈原谅了我。

以前的我

我和好朋友吵架了。

让你再冤枉我，哼！

好朋友向我道歉，我背过身去不理她。

现在的我

没事，我也有不对的地方。

我接受朋友的道歉。

我们还是好朋友。

我和好朋友都笑了。

让女孩拥有美好性格的 62 个故事

以前的我

妹妹摔坏了我的玩具，害怕地看着我。

你必须赔我的玩具！

我简直怒不可遏地冲她吼。

现在的我

别担心，我会把它修好的。

我安慰妹妹不要着急。

妹妹和我一起修玩具。

132

我的成长计划书

宽容诚实的女孩最值得信赖

有些同学总喜欢用"善意的谎言""美丽的错误"来掩盖自己的不诚实，可是就算谎言再"善意"也难逃它是谎言的事实，而错误再"美丽"，也不能因此把它变得正确。虽然我发现诚实做起来真的很难，因为它需要我鼓起很大的勇气，但是当我过了诚实这一关，我发现自己才真正变得快乐起来。所以从今天起，我要让自己用诚实来不断鞭策自己，用宽容去对待身边的每一个人。

1. 我将不再帮好朋友撒谎，我觉得这样做不对，我会严肃地拒绝她。

2. 考试时我偷看了同桌一道自己不会做的习题，我要去告诉老师分数的

真相。

3. 上次卖书给我的大爷多找了我10块钱，我要去还给他。

4. 好朋友向我道歉了，我要用微笑来回报她，告诉她我已经不介意了。

5. 我要告诉爸爸我把他的手机摔坏了，希望他能原谅我这一次。

6. 下次我发现妹妹撒谎时，我要和她说

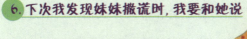

一说诚实的可贵，帮助她改正。

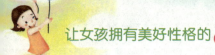

我愿为你收藏一粒盐

那天上午，是两节作文课。

窗外，春寒料峭，让人难以抵挡。教室正对着的是学校阅览室，我见阅览室的辅导员胖胖的人影一晃，就将一块小黑板矗立在了学校的公示栏前。黑板上写着什么呢？我信步走出教室，去看个究竟。

原来是一个通告批评，寥寥数语，大意是说一个同学昨天在阅览的时候，把一本《散文》杂志私自"拿"出阅览室，被当场"抓"住，希望引起其他同学的注意，不要再做出这样令人不齿的行为。而被批评的学生，竟是我们班上的学生。我心头一热，几乎想都没想，径直走向了阅览室。

"被通报的学生是我们班上的，希望您赶在学生们下课之前，把这块黑板撤了。"现在想来，我当时的语气一定很生硬，生硬得就像在居高临下地下达命令。辅导员的脸"腾"一下红了，他生气了，说："这是我的职责，用不着你来指手画脚。"那一刻，两个人剑拔弩张，气氛一下子变得紧张起来。

那时候，我刚毕业没多久，我也不知道自己哪来的勇气和胆量，敢顶撞一位年逾花甲的老教师。片刻的沉默之后，我的语气缓和了下来。我说："老师，是这样的，还有三个多月，就要高考了，如果学生们看到这个通告，一定会议论纷纷，这样的话，那个挨批评的同学压力肯定会非常大，我怕，我怕会影响他的高考……"

"可是，如果不批评，不给学生们一个警醒，我这里的杂志就要被学生偷完了。我看着阅览室，我也有自己的一份责任。"辅导员似乎还在生气，但语气却明显缓和了许多。

"是的，我知道。可是，这个学生，这个学生马上就要高考了……"接下来，我的语调似乎在央求这位辅导员了。他沉默了半晌，说："这样吧，我也不为难你，我撤了，但你必须保证，你回去一定要批评你的学生。""是，我会的，我会的。"我一边答应，一边疯也似的跑到公示栏前，把那块黑板取了回来，并当着辅导员的面擦掉了那个通告批评。那一刻，仿佛擦掉了自己的一个错误。我擦完之后，站起身，如释重负。

之后，我曾经想把这件事情委婉地告诉那个犯错误的学生，但是，不知道为什么，我始终没有说。我也不知道，我这样做，是对还是错。

临近高考的最后一个班会，我讲了很多，学生们也听得聚精会神。末了，我语重心长地说："同学们，在你们成长的过程中，肯定犯过这样那样的错误，你们因此也得到过这样那样的教训，然而，不知道你们是否知道，有一些错误，你们犯过了，以为像一粒盐，永久地溶在了岁月中，没有人注意，也没有人计较。其实，我想告诉大家的是，这粒盐，原本并没有溶化掉，只是有人怕硌疼你们，悄悄地为你们收藏了起来，而我这里，就收藏着这样一粒。"

学生们一下子现出惊异的目光，你看看我，我看看你，继而重新把目光投到我身上。我扫视了班里一圈，笑了笑说："是的，我这里的确有一粒，但是，我不想告诉你们这粒盐是属于谁的，我愿意把这粒盐一直收藏下去。因为，我想用我的永久收藏，来换得这位同学一颗一辈子不去犯错误的心灵。"

成长课堂

对于一个学生来说，犯错在所难免，老师的宽容并不代表饶恕，只是为了保全犯错学生的尊严，也为了给学生一次心灵的洗涤。但愿这位老师收藏的这一粒盐不仅给那位同学以启迪，也能给所有同学以警示。

优秀女孩宣言

用一颗包容的心去感染每一颗犯错的心。

宽恕 伤害过自己 的人

去年，我曾在美国爱荷华大学看到了一封信，那封信的复制件保存在这所学校已故的副校长曾工作过的房子里，那是一封让我们中国人难以理解的信。

那位副校长名叫安·柯莱瑞，她是爱荷华大学最有权威的女性之一。很久以前，她的父亲曾远涉重洋到中国传教，她成了出生在中国上海的美国人，所以她对中国有着特殊的感情。她终身未婚，对待中国留学生就像对自己的孩子一样，无微不至地关照他们、爱护他们，每年的感恩节和圣诞节总是邀请中国学生到她家中做客。

不幸的事情发生在1991年11月1日，那是一起震惊世界的惨案。一位名叫卢刚的中国留学生，在他刚获得爱荷华大学太空物理博士学位的时候，开枪射杀了这所学校的三位教授、一位和他同时获得博士学位的中国留学生山林华，这所学校的副校长安·柯莱瑞也倒在了血泊中。

1991年11月4日，爱荷华大学的28 000名师生全体停课一天，为安·柯莱瑞举行了葬礼。这一天，安·柯莱瑞的三位兄弟举行了记者招待会，他们以她的名义捐出一笔资金，宣布成立安·柯莱瑞博士国际学生心理学奖学金基金会，用以安慰和促进外国学生的心智健康，减少人类悲剧的发生。

她的兄弟们还在无比悲痛之时，以极大的爱心宣读了一封致卢刚家人的信。这就是我在她的房间里看到的那封信——

致卢刚的家人：

我们刚经历了突发的剧痛，我们在姐姐一生中最光辉的时候失去了她。我们

深以姐姐为荣，她有很大的影响力，受到每一个接触她的人的尊敬和热爱——她的家庭、邻居，她遍及各国的学术界的同事、学生和亲属。

我们一家从很远的地方来到这里，不但和姐姐的众多朋友一同承担悲痛，也一起分享着姐姐在世时所留下的美好回忆。

当我们在悲伤和回忆中相聚一起的时候，也想到了你们一家人，并为你们祈祷。因为这周末你们肯定是十分悲痛和震惊的。

安最相信爱和宽恕。我们在你们悲痛时写这封信，为的是要分担你们的悲伤，也盼你们和我们一起祈祷彼此相爱。在这痛苦时候，安是会希望我们大家的心都充满同情、宽容和爱的。我们知道，在此时，比我们更感悲痛的，只有你们一家。请你们理解，我们愿和你们共同承受这悲伤。

这样，我们就能一起从中得到安慰和支持。安也会这样希望的。

诚挚的安·柯莱瑞博士的兄弟们：

弗兰克/麦克/保罗·柯莱瑞

读完这封信，泪水模糊了我的双眼，我的心被深深的感激所包围。我希望所有读过这封信的中国同胞能和我一起感受这种情绪，学习这种高尚的情操。

成长课堂

宽容的受益人不只是被宽容者，宽容别人就是解放自己。我们远离嫉妒与怨恨，就是远离痛苦、愤怒和伤害。宽恕是一种高贵的品质、崇高的境界，是精神的成熟、心灵的丰盈。

优秀女孩宣言

我要把宽恕这种高贵的品质植入我的心灵深处。

律己的 花朵

　　我的一个朋友刚从英国回来，她去那里之前做事慵懒拖沓，经常犯一些不该犯的错误，最要命的是犯错后从不去考虑改正。家境优越的父母没有办法，将她送出了国。两年之后再回国，她待人接物、行为做事都有条理而严谨起来。我很诧异，问她怎么会改变这么多？

　　朋友对我讲起她到伦敦后不久的一次经历。

　　朋友初到伦敦后依旧承袭着她在国内的性格和生活态度。一天，她那里的一位亲友带着她去伦敦大学的亚非学院"散步"。亲友将她领到一座教学楼前，指着教学楼外墙壁上的一块铁牌问她，那铁牌是作什么用的？朋友摇头，亲友对她讲起铁牌的来历——

　　这座教学楼建于20世纪80年代。当年，为了建造这座大楼，伦敦大学耗费了巨款。大楼竣工后，校方筹备了盛大的落成典礼，邀请了大名鼎鼎的安妮公主在内的诸多皇亲国戚、达官贵人和社会名流。可就在盛况异常的典礼要举行前，伦敦大学接到一个电话，问："建这座大楼是否经过批准？"校方答复经过了政府批准。对方接着问："那你们得到土地主人的许可了吗？这里是罗素家族的私有土地，仅有政府批准是不够的。"

　　校方慌了手脚，忙问对方该怎么办？对方回答："很简单，拆掉大楼。"

　　伦敦大学知道，罗素家族有很多土地，并不缺少他们占用的这一块土地。他们决定和罗素家族进行协商，期望支付罗素家族一定的赔偿而不拆除大楼。但让他们失望的是，罗素家族的态度非常明确，他们不要赔偿，只要原来那块草地。万般无奈之下，伦敦大学和罗素家族对簿公堂，但法院的判决是让伦敦大学按所有权人的要求，拆掉楼房，恢复原状。

伦敦大学虽然非常痛恨罗素家族不讲人情，但依旧无可奈何地开始做拆除大楼的准备。一切拆除工作都准备好了，就要拆除大楼了，伦敦大学再一次接到罗素家族的电话，罗素家族突然转变了态度，表示大楼可以不拆除。伦敦大学喜出望外，急忙询问对方保留大楼的条件，以便给予补偿。罗素家族称学校可以无偿使用这块土地，条件是伦敦大学要认识到自己的违法之处并予以声明。伦敦大学羞愧难当，立即写了一个道歉声明并刻在一块铁牌上，挂到这座大楼的外墙上："此楼建筑计划的实施未与罗素家族或其托管人进行应有的协商，自然也未征得他们的许可，伦敦大学谨以此铭记诚挚的歉意。"

我的朋友被她亲友的讲述惊呆了。她诧异于这个暗灰色的、朴素的、只有两本杂志大小的铁牌的背后居然有着这样一个让人肃然起敬的故事。

一个家族用执拗和固执教会一所大学更加谦逊、严谨，同时用豁达和开明教会这所大学知错就改。此后，刻上铁皮、并被悬挂起来的道歉成为那座大楼的与众不同之处，成为伦敦大学开明、诚实、律己的花朵，它释放着罗素家族和伦敦大学的芬芳，净化着每一个朝拜之人的心灵。

我的朋友就是在那一次的"散步"后发生改变的。

成长课堂

一次风波终于因为彼此的宽容和谅解而得到了平息，一所大学因为一次争执而表现出了它的谦逊和反省，这样的事情并没有削减这所名校的风采，反而让人不得不对它如此严谨的作风产生诚挚的敬意。

优秀女孩宣言

宽容一个犯了错的人，也是对他的关怀。

赎回
你的灵魂

　　她睡到半夜，感觉到屋里进了人，很显然，不是丈夫，因为他去值班了，每次回来，他都会先开灯，然后静悄悄地进来。

　　因为长期失眠，睡觉对她是件困难的事情，所以，总是家人睡去好长时间了她还没睡着。显然，那个人以为她是睡着了的。然后，她看到了一个身影，手里拿着刀，在四处找东西。那一刻，她大睁着眼，内心出奇地镇定，因为绝对不能喊，隔壁就是儿子的房间，一喊，她和儿子就会有生命危险。

　　她看到那个贼把手伸向了她的首饰盒，那里面有一对玉镯，是最好的鸡血玉。这是外婆出嫁时的陪嫁，一直传下来，传给了她，虽然不是价值倾城，也是她最珍爱的宝贝。但她一直沉默着，直到贼离开。

　　然后她冲到儿子的房间，看到还在睡的儿子，眼泪就下来了，她知道，没有比自己儿子更珍贵的了。

　　然而想不到的事情发生了。

　　那个贼却被看门的保安逮住了——在他翻墙逃跑的时候，所以，他和两个保安又出现在她的客厅里。灯光下，她看到了贼的脸。一张十分年轻的脸，脸上还有小小的绒毛，大概只有十五六岁的样子，眼神里全是恐惧。

　　保安问："这是你的镯子吗？"

　　她答："是。"

　　"是这个贼偷走了，就在刚才。"保安说。

她是知道的，她抬起头看了那个小偷一眼，那一眼让她呆住了，少年的眼里全是乞求原谅的眼神，甚至是恳求，甚至是绝望。

那一刻，她的心忽然柔软起来。

她有了新的决定。她说："你们放了他吧，他不是贼，那一对玉镯，是我给他的。"

保安大吃一惊，而少年的眼里也全是惊讶。

"是我给他的。"她坚持说。

这时，她看到少年的眼里全是泪水了。

保安刚走，那个少年，扑通就跪下了："阿姨，您为什么救我？"

她笑了，淡淡地说："孩子，因为你的青春比那两只镯子值钱，我想用那两只镯子赎回你那找不到方向的灵魂。何况刚才我并不曾睡着，因为你手里拿着刀，所以，我没有喊，也是为了我自己的儿子。"

那个少年，泪如雨下。

几年后，那个少年考上了大学，后来，还被评为市里的"十大杰出青年"。

记者采访他，让他说出自己的故事，他说："在16岁的那一年，我在一位阿姨的帮助下，找到了灵魂的方向，她用自己的善良和宽容，为我赎回了走失的灵魂。"

成长课堂

　　宽容绝非是姑息错误的举措，也绝非是弱者无能的表现。宽容是爱心和坚强的展示，是智者大度的行为，灵魂修养的结晶。

优秀女孩宣言

　　宽容，能挽救一个人迷失的灵魂。

上帝知道

可是

艾玛6岁时，父亲带她去朋友家做客。这位朋友是一个热情好客的人，她看到可爱的艾玛非常喜欢。

吃午餐时，艾玛看到满桌子丰富的食品，每一样似乎都是她爱吃的。小小的她心里不由得乐开了花。但是她依然记着父亲教给她的餐桌上的礼仪，小心地吃着。可是毕竟她只有6岁，在取杯子的时候，艾玛不小心撞洒了一杯牛奶。她急忙站起来，拿出餐巾擦干。

可是小艾玛的心情却不由得低落起来，因为父亲对她有规定，为了让她可以在餐桌上有更加良好的表现，像一个真正的淑女一样，所以如果她打翻了牛奶，那么惩罚就是只能吃白面包了。看着满桌的美食，而自己却只能吃白面包，艾玛不由得难过起来。虽然此刻父亲并没有对她说什么，可是艾玛还是自觉地放下了刀叉，只吃那些白面包。

女主人热情地劝艾玛喝牛奶，可她就是不肯喝。她低着头说："我弄洒了牛奶，就不能再喝了，只能吃白面包。"女主人听到这个，大为惊奇，这个只有6岁的小女孩，原来是因为有这个规定，所以不喝牛奶了。但是她看得出来，艾玛其实很希望能再喝一些牛奶的。

于是，女主人看了看坐在餐桌对面丝毫不为所动的父亲，以为艾玛是害怕父亲才那么说的，善良的女主人对艾玛的父亲说，希望他可以替自己去厨房取一些水果过来。艾玛的父亲欣然离去了，这只不过是女主人的一个小计策，她想：要是艾玛的父亲不在旁边，艾玛就不会对自己这么要求了。

接着，女主人又拿出更多好吃的点心劝艾玛吃，但艾玛还是不吃，并一再坚持说："就算爸爸不知道，可是上帝知道，我不能为了一杯牛奶而撒谎。"

女主人十分震惊，把艾玛的父亲叫进客厅讲述了这件事。一个只有6岁的小女孩，居然会说出这样的话，她对自己的要求实在是很严格，甚至可以让很多的大人汗颜。难道她是因为害怕父亲所以不敢喝的吗？

加拿大的发笑节

加拿大人是开朗幽默的，为了让他们的开朗幽默感染更多的人，他们特别设定了每年的6月21日作为"发笑节"，因为这一天是加拿大进入夏季的第一天，人们希望每天都可以笑着迎接生活。到了这一天，书店供应幽默书刊供人们选购，滑稽明星到老人院义演，子女们放下工作回到父母身边欢聚天伦，电视上播映令人发笑的节目。所有的人都在哈哈大笑，这一天是最快乐的一天！

父亲听完，解释说："不，她真的并不是因为害怕我才不喝的，而是因为她从心里认识到这是对自己做错事情的惩罚，是约束自己的纪律，所以才不喝的。"说完，父亲来到女儿的面前对她说："你对自己良心的惩罚已经够了。现在我们马上要出去散步，你快把牛奶和点心吃了，不要辜负了叔叔阿姨的心意，就当是上帝对你的奖赏吧。"

女儿听见父亲这样说了，才高兴地把牛奶喝了。

诚实是对一个人意志力的考验。普罗图斯说过："能主宰自己灵魂的人，将永远被称为征服者的征服者。"诚实时时都在我们身边监督着我们。

成长课堂

自律是一种美德，无论做什么事都必须严格要求自己。因为你做任何事情都是对自己负责，并不是为了做给别人看，所以有没有人监督你并不重要。自律也不能只是偶尔为之，它必须成为你的生活方式，因为自律其实就是对自己诚实。

优秀女孩宣言

对自己诚实才是发自内心的诚实，因为那是自己对自己的要求。

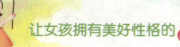

特殊考试

她是穷人家的女孩儿，父母举债供她读完大学，就在她刚刚走出校门的时候，积劳成疾的父亲查出了肺癌。子欲养而亲不待，女孩儿欲哭无泪：工作尚无着落，家里一贫如洗，即便是卖血，也凑不够住院费。医学院护理系毕业的她只能将父亲安顿在家里，叮嘱母亲悉心照料，然后一家家医院去应聘。

遥遥无期的等待让她耗尽了最后的自尊，当她走进那家蜚声医界的私立医院、面对审视的目光时，忍不住泪流满面。她哭着诉说了自己的困境，恳请能马上工作，拯救危在旦夕的父亲。女孩儿的孝心感动了院方，医院破例未经考试便留下了她，说是试用一个月。女孩儿拼命地工作，只要能顺利通过试用，4000元的月薪不仅维系着父亲生的希望，也是她美好未来的开端。

她的勤恳努力终于赢得了信任，半个月后，护士长便分派她做高级病房的责任护士。执行医嘱时，女孩儿惊呆了：医生曾经给父亲开出的，就是这样一张相同的处方：一种进口的化疗药物，300多元1支，每日1次，静注3支。

女孩儿镇静地忙碌着，谁也看不出她心里掀起了怎样的惊涛骇浪：那种粉末状的药物溶入生理盐水后仍然是无色透明的，一瓶澄净的液体，谁也看不出配药前后的区别！而治疗室内，只有她一个人。

3支药紧紧地攥在女孩儿手里，她觉得那就是父亲的性命。只要她每天下班后回家执行化疗，她那慈爱的父亲，就有活下去的希望。女孩儿迅速地藏起了3支药，将生理盐水放入治疗盘，面色平静地将它端进了病房。

"爸，护士给您换药来了。"陪护的是一位和她年龄相仿的女孩儿，一声轻

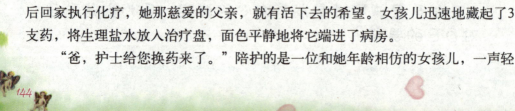

唤，让她的心一颤：躺在床上的，也是命悬一线的父亲。

"这种药有特效，用了它咱就好了。"温柔的声音在安慰着父亲。端着治疗盘的手微微地颤抖了，她就用颤抖的手，将输液管从滴空的药瓶内拔出来，插到了那瓶盐水里。她硬着心肠想：只要他们发现没有效果，马上会换另一种药物，反正病人有的是钱。可是一回到治疗室，她就瘫坐在椅子上。她突然就打了个寒噤，她清醒了，清醒地意识到：那段路每走一步，都将践踏自己清白的良心。只是几分钟，却仿佛挣扎了一个世纪。女孩儿鼓足勇气叫来了护士长，嗫嚅着承认："12床正在滴注的盐水里，我……我没有配药……"

护士长绽开了一个欣喜的笑靥："真的吗？你连这个经验都有呀？我正想提醒你，化疗之前，如果患者正在输液，必须用盐水冲净滴管中的残留药物。"

女孩儿的试用期就在那一天提前结束了，院方同她签订聘用合同的同时，还预支了半年的工资让她给父亲治病。女孩儿欣喜若狂，热泪盈眶，向着决定她命运、成全她孝心的人们，深深地鞠躬致谢！

后来女孩儿才知道，其实那是一场特殊的考试。所有的一切都被护士长尽收眼底，只要那3支药放进手包，等着她的，必将是被炒的命运。

诚实，是每一个人都应具备的道德素养，因为有许许多多的时刻，监督着我们一举一动的，只有我们自己的良心。

成长课堂

诚实，是一个人拥有完整人格的基本要素，不论自己身处何种困境之中，都不要放弃诚实这一原则。诚实，是检验一个人道德品格的标尺，无论何时何地，都在丈量着我们的良心。

优秀女孩宣言

要成为一个诚实的姑娘，其实一点也不难。

多出来的 300马克

小爱丽丝生于德国，是一个诚实可爱的女孩子，她从来不会对父母有任何隐瞒，也因此获得了父母无比的信任，就连周围的邻居也都觉得她是一个值得相信的女孩。在她十几岁时父亲去世了，因为她诚实可靠，叔父让她在其开设的银行当职员。

有一天，银行派她到鼎鼎大名的数学家高斯家中取款。

小爱丽丝在完成工作回到银行仔细清点钱的数目时，这才发现高斯多给了300马克，这在当时算是一笔不小的数目。要不要还回去呢？小爱丽丝没有想到高斯先生这么厉害的一个数学家，却会算错了钱。也许他只是一时粗心，或者他太忙了吧，小爱丽丝对自己说。但是300马克对于任何人来说都不是一个小数目，她不希望高斯先生经受这样的损失，也不希望高斯发现这一切之后来追查。所以，小爱丽丝急急忙忙地返回高斯家中。

她敲开了门，然后恭敬地对高斯说："先生，您给我的钱数错了……"

高斯正在忙着一道公式解答，头也没抬地大声说："就这么一点小小的数目，我会算错？况且我已经把钱交给你很久了，你现在还跑来跟我说数目不对……我们早已银货两讫、互不相欠了。"

听到这些话，小爱丽丝不禁觉得好笑，她忍住笑，对高斯说："先生，您可能是太忙了，所以多给了我300马克。这是多出来的，可不是少的。"

高斯依旧没有抬头，说："小姑娘，快回去吧，我知道我给了你多少钱，并没有多，我怎么会算错呢？那么多的数字我都没有算错过，怎么会算错300马克呢？"

小爱丽丝看他那么坚决，就开玩笑说："好吧！既然您这样说，那您多给的300马克我不用还了。"然后她看了看高斯，故意自言自语地说："凭空多出了300马克，这可真的是天上掉下来的馅饼啊，但是我要怎么花它好呢？我可以给自己买一条漂亮的裙子，还可以给妈妈买一件斗篷……"

小爱丽丝的自言自语，终于让高斯抬起了头，但他却是微笑的。他说："小姑娘，我知道我多给了你300马克，我只是想知道你会怎么去解决这件事，看来你是一个值得信任的好姑娘。"

小爱丽丝目瞪口呆，原来高斯先生知道多给了300马克，而他却没有言语，只是想看看自己的行为。"您为什么要这么做呢，高斯先生？"小爱丽丝忍不住问。

高斯笑着说："我最近有一笔钱就要存到银行，你知道我还在选择别的银行，非常感谢你，你给我作出了决定，我已经决定把钱存到你们的银行了，因为你这么一个好姑娘在那里，我相信那里的服务也肯定是我可以信得过的。"

诚实是人类的重要德行之一，拥有诚实的心性，心中一片坦荡光明，自然能够带领我们走向成功。

成长课堂

一次和数学家之间的小误会，证明了自己的品质，并争取到了一笔存款，这就是一个诚实的姑娘所赢得的胜利，如果她占有了那多出来的300马克，可能只是贪了一个小便宜，却会导致银行损失一笔大的业务，相比之下，我们不禁要为她的诚实鼓掌了。

优秀女孩宣言

做一个诚实的人，我会赢得更多。

读了这么多精彩的故事,和故事中的主人公比起来,你觉得自己能成为一个宽容诚实的女孩吗?不妨来训练营锻炼一下自己吧!

一个象牙兔的故事

汪佩佩和李爽是一对好朋友。有一次,李爽带了一个精致的象牙小兔子来到教室。原来是她爸爸从泰国给她带回来的礼物,那个小兔子晶莹剔透,形态逼真,同学们都很喜欢。大家争相传看。李爽心里也特别高兴,这是爸爸带给她的礼物,所以她特别珍惜。

但是第二天来上学的时候,李爽却特别不开心,大家问她怎么了,原来那个象牙兔子丢了。而且李爽还对同学说,她怀疑是汪佩佩拿走了象牙兔子。大家都大吃一惊,原来,最后一个看过象牙兔子的人,正是李爽的同桌汪佩佩,当她把兔子还给李爽的时候,李爽看到她特别喜欢,直到李爽把象牙兔子放进自己的书包,她的眼睛都没有离开这个象牙兔子,而且她的位置又离李爽最近,所以李爽才怀疑她。

听到李爽怀疑自己偷了那个象牙兔子,汪佩佩觉得很委屈,可是李爽是她最好的朋友,要怎样做才不会伤害到她们的友谊呢?

答案在56页

答案在56页

《勇救朋友的女孩》答案:

王灿然觉得很奇怪,李美的爸爸住院了,为什么非要找个陌生人来接她呢?于是她就一路跟踪着李美和那个陌生人。

半夜的街道非常安静,黑暗中仿佛有许多眼睛在看着她,但是王灿然非常勇敢,她一直跟着他俩,看到他把李美关进医院附近的一个平房,不久就鬼鬼祟祟地离开了。王灿然赶紧跑过去敲门,她听到李美在里面哭。王灿然赶紧小声叫李美,让她先别哭。李美听到王灿然的声音,像遇到救星一样。王灿然果断地拿起石头,敲碎了窗户的玻璃,打开窗户,救出了李美。

后来,警察根据王灿然提供的线索,逮捕了那个诱骗小学生的歹徒。而王灿然勇救朋友的事迹也在同学中传开了,大家都夸她是勇敢的小英雄。

第九章

聪明机智的女孩最讨人喜欢

以前的我

同学们和我开玩笑说我长得太矮了，我除了脸红却不知道该如何是好。

她们太坏了，我说不过她们！

我只能一个人独自走开。

现在的我

我就是娇小可人型。

同学开我的玩笑，我就用自嘲的方式回敬。

和同学一起开玩笑，大家都很开心。

◀ 以前的我

歌咏比赛中我忘了词，我站在那里干瞪眼。

我在匆忙中红着脸下了台。

◀ 现在的我

忘词后，我急中生智将话筒转向观众。

在我回忆起歌词后，再拿话筒继续唱。

◀ 以前的我

在公共汽车上,我突然感觉有小偷在拉我书包的拉链。

我吓得腿都软了,不知道该怎么办。

◀ 现在的我

叔叔,谢谢你提醒我没有拉上拉链。

我立刻镇定下来,我转过头看着小偷笑。

汽车一到站,我就下车。

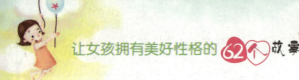

以前的我

傍晚，我一个人走在放学回家的路上。

我该怎么办呢？

隐约感觉有一个人总是跟在我身后，我吓得出了一身冷汗。

现在的我

我从书包里拿出削笔刀。

我装作打电话的样子，大声说："爸爸，我马上到，那咱们在前面路口见。"

我的成长计划书

聪明机智的女孩最讨人喜欢

和朋友聚会的时候，我很羡慕那些成为人群中心的人，她们总是那么聪明开朗，总能把大家逗笑。不仅如此，她们还反应敏捷，即便有人刁难出了难题，也可以瞬间化解，这是多么厉害啊！以前的我只会傻傻地笑，其实我也很聪明，从今天起，我要让自己成为朋友快乐的源泉！

1. 课余时间，多看一些关于智慧的故事，充实自己的大脑。

2. 同学间的尴尬在所难免，我要用玩笑的方式来解决冲突，这样比较委婉。

3. 我要扩大生活圈子，多和不同的人说话，来锻炼我的思维能力。

4. 有朋友机智化解难题的时候，我要思考他们是怎样做到的。

5. 独自在家遇到陌生人要求开门，不能慌张，我要机智地遣走他。

6. 我要每个月看一本智力测试类的书籍，在快乐中训练自己的思维。

"倒霉" 成就 传奇

约瑟芬小姐在一家化妆品公司担任推销员，她刚到那家公司三个月。一次，她坐长途汽车出差，意外遇到了山体滑坡，她所乘坐的汽车被山石压住了。

车上人员5死15伤，幸运的是她只受了一点轻伤。救援队很快就来了，他们竭尽全力去抢救那些还在车里的人，安抚着大家的情绪。

就在要爬出车门的一瞬间，约瑟芬小姐突然想到在影视作品中经常看到的情景：发生车祸的时候，总会有不少记者前来采访。电视会直播很多画面，之前她看到的不都是急救现场的人们来回奔走、救死扶伤的场面吗？为什么不利用这个机会，宣传一下自己公司的形象呢？

想到这儿，她立即做了一个在那种情况下谁都难以预料的举动——从箱子里找出一张大纸，在上面写了一行大字："我是美丽公司的推销员，我和公司的美丽牌化妆品安然无恙！非常感谢营救我们的人！"

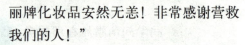

她打着这样的牌子爬出车门，立即被电视台的镜头捕捉到了，她成为这次车祸事件的明星，多家新闻媒体对她进行了采访报道。约瑟芬一下子成了电视新闻里的热点人物。

待她回到公司的时候，董事长和总经理带着所有的中层主管，在公司门口夹道欢迎她。

原来，她在车祸现场别出心裁的举动，使得公司和产品的名字在一瞬间家喻户晓。

公司的电话都快被打爆了，客户的订单更是一个接一个。董事长动情地说："没想到，你在那样的情况下，首先想到的竟然是公司和产品。毫无疑问，你是最优秀的推销主管！"董事长当场宣读了对她的任命

女孩卡片

会提醒你浇水的花盆

你是不是有过因为忘记为花浇水，被妈妈批评过？现在你再不会忘记了，因为有一个可以提醒你浇水的花盆。花盆的底部有两个分开的空间，其中一个是让你浇水的空间。当水分流失时花盆就会慢慢倾倒；当水分充足时花盆才会站立起来。所以，如果你发现自己的花盆是倾斜的或者即将倒了，那就是说你的花需要浇水了！

书：主管营销和公关的副总经理。

约瑟芬在发生车祸的时候，依然可以保持清醒的大脑，成为这个事件中最大的受益者，这一点值得所有人钦佩，而如何把危机转化成改变自己的契机，这并不是每一个人都能做到的。有些人在当时就会被吓蒙，什么都不知道做，大脑一片空白，这种情景其实很常见，电视里也时常会播出一些人被吓得失态的模样。人们并不会因此觉得他们做得不好，因为赢得了生命就是最值得庆幸的事情。然而在赢得生命的同时又能冷静地把这一次灾难变成自己的机遇，那就非一般人可以做到的了。约瑟芬的机智值得每一个人去学习，即便我们不会身处那种危难之中，但同样可以思索一下，如何把危机转化为我们的机遇。

成长课堂

很多事情都是辩证的，有时候坏事不一定坏，只要你善于对待，有时候倒霉的事情，也许会变成一件好事。当你遇上倒霉事情的时候，一定要保持良好的心态，努力调整好自己，不要一味沉浸在悲伤的情绪里面，机智的大脑会让你获得意想不到的收获。

优秀女孩宣言

要有良好的心态与积极的行动，化不幸为大幸，化腐朽为神奇。

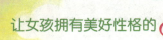

巧妙的 逐客令

玛丽是一个聪明而又热情好客的主妇，她和她的丈夫总喜欢在周末的时候举办家庭聚会，招待他们的朋友们，他们的朋友也非常喜欢这对夫妇。

但是朋友多了，也难免会有各种情况出现，有些朋友就非常不会体谅别人，有时候聚会结束之后，他还会赖着不走，而玛丽的丈夫吉姆是一个面子很薄的人，他不擅长拒绝别人，总是对别人笑脸相迎，所以也不懂得怎么劝说不懂礼貌的朋友。

这一天下午，是一个阳光明媚的日子，玛丽家里又举行了一个小小的派对。到了晚上六点，大家都知道该是回家的时候了，于是，朋友陆陆续续走过来和玛丽告别，临别时还送上了对于受到玛丽与吉姆夫妇热情招待的感谢，她们都非常客气地互道晚安，然后各自回家去了。

玛丽送走了一个又一个朋友，虽然她还有很多的餐盘需要收拾洗刷，但是她一点都不觉得累，因为和朋友们相聚的时光总是那么愉快，让她忘记了累的感觉。等到7点半的时候，该做的事情基本都做好了，玛丽希望可以和丈夫一起看看电视，放松一会儿，于是她来到楼下，发现还有一个朋友在和丈夫畅谈。

吉姆朝玛丽使了一个眼色，玛丽仔细一看，原来这位朋友就是每一次都因为喝酒而迟迟不回家的那个人。这个人真的很让人头疼，因为每一次聚会，他都是一个贪恋玩乐而忘记回家的家伙，总是等到半夜别人实在受不了了才走。但是吉姆又生怕伤害了朋友的自尊心，所以一直不愿下逐客令。

玛丽看到这个情形，心里已经明白了。她走过去为客人倒上了茶水，然后对吉姆说："亲爱的，你看到我们院子外面的那棵树了吗？"

吉姆不知道玛丽什么意思，因为院子里的树已经长了好几年了，是他和玛丽结婚的时候栽下的，那是他们的爱情之树。吉姆说："当然，我看到了，都好多年了。"

玛丽微笑着说："那棵树上今天新来了一只小鸟，它似乎打算在树上住下来，但是它非常吵闹，我都快被它吵死了。"

吉姆和客人都笑了，吉姆说："别着急，亲爱的，明天它就会飞走的。"客人也说："是的，现在这个季节，鸟儿都是到处飞，所以都很吵，但是它们很可爱，是不是？"

玛丽笑着说："当然，不过我觉得它还会有别的用处的，明天的早餐我想我们可以把它捉来吃掉。"

吉姆大吃一惊，说："吃掉它？怎么吃？它一直都在树上。"

玛丽笑着说："我们可以把树砍倒，然后捉住它，然后杀掉它做成菜来吃。"

客人听了这话哈哈大笑，他说："玛丽，你真是疯了，你还没有砍倒这棵树，可能鸟儿早就飞走了。"

"哦，不会的，你放心，先生。"玛丽说，"它是一只笨鸟，它不知道什么时候该离开。"

客人听了这句话，才明白自己因为待得太久已经失礼了，他脸一红，急忙站起来向玛丽和吉姆告别，匆匆忙忙地走了。

吉姆看着他匆忙的样子，忍不住笑了出来，对玛丽说："你真聪明！"

成长课堂

对于不好意思说出口的话，借用谈论别的事情说出来，这是一个巧妙而有用的办法，这种办法对于我们的生活可以说是用处很多，当我们因为情面等问题无法开口的时候，这种说话的技巧就完全可以派上用场了。

优秀女孩宣言

运用巧妙的语言艺术，就可以做到婉拒别人了。

聪明的 繁子

在古代日本，有一个叫繁子的女孩子，生性机敏过人，她经常帮助弱小，惩罚恶人。

有一次，村长和繁子坐的船驶过了丰后水道，进入了濑户内海。可是，第三天半夜里出事儿了。

"旅客们，不得了啦！我们碰到海盗船了！"船夫跑进来这么一喊，船舱里顿时变得像蜂窝一般乱哄哄的。船舱里挤满了刚醒来的人们，他们失魂落魄，手攥着钱包，哆嗦成了一团。

"糟糕了，繁子！强盗们把钱都抢去的话，别说参拜伊势神宫，什么都干不成了！"连平时威严的村长，这时也沉不住气了，脸色苍白地只顾叹气。刚才歪着脑袋专心致志于沉思默想的繁子，这时站了起来，大声说道："请大家不要担心！有一个决不会叫强盗发现的藏钱的地方。大家在自己钱包里少留点零钱，剩下的全部放在我这里吧！"

她把旅客们招呼到自己身边，悄悄说了些什么。人们觉得这是条妙计，立刻赞成，把钱给繁子保管。不一会儿，船停了下来，闹哄哄的一大帮海盗咕咚咕咚地闯进船舱里来了。有一个面目可憎的头儿大声嚷道："喂，旅客们！把钱拿出来，一个子儿也不许留！小子们！一个一个给我搜！"说完，他瞪着凶狠的眼睛环顾四周。突然，他看到一个被粗绳子紧紧地绑着、吊在大柱子上的女孩，这就是繁子。那头目问道："喂，这小杂种是干什么的？"

村长战战兢兢地回答说："这孩子别看模样善，实是可恶，她趁我们不注意，偷起钱包来了。这不，被大伙绑了起来。打算一

到大阪就把她送到衙门去。"

"小杂种,"那头目问繁子,"这是真的?"

"是,家里穷得没法,我就混上这条船了,明知不好,还是

做客要有礼

到同学家做客时,一个乖女孩首先要注意不能乱翻别人家里的东西,就算和同学是要好的朋友,在没有获得同意之前也不能自己动手乱动。其次要尊重同学的父母,因为同学的父母是家庭的长辈,要选择适宜的称呼,对同学的父母打招呼。进门时的问好和离开时的道别,都是对同学父母表示尊重的方式,也要及时地对同学父母的招待表示感谢。

伸手了。我再也不做坏事了,这一次就饶了我吧!"繁子说得真像,那些喽啰们没搜繁子的腰包,心想偷人钱的人还会有什么钱呢。

不久,众喽啰查了一下抢来的钱,全部加在一起也不到一两。强盗头目认定他们准是把钱藏在什么地方了,叫众喽啰仔细四处搜寻,可怎么也找不出来。这当儿,天快亮了,海盗们无可奈何地回到自己的船上去了。

松了绑的繁子笑容满面地从怀里掏出钱来,把大家的钱一一还回去了。这样,船平安地到达了大阪。大家因为繁子的智慧保住了自己的财产,纷纷对她表示感谢,而繁子却只是害羞地摆一摆手。

成长课堂

在应对无法理喻的强盗的时候,用这种机智的办法是最有效的,因为斗蛮力的话必然会有人受伤,而亡命之徒是不怕这些的。所以繁子用她的智慧来保护大家的财产正是值得我们学习的。

优秀女孩宣言

用智慧来保护自己,我也要学习这种方法。

对付 造谣者

十月革命前夕，整个俄国笼罩在动荡和不安之中。无论在城市，还是在农村，无论在工厂，还是在学校、商店，无产阶级与资产阶级、布尔什维克与孟什维克的矛盾和斗争越来越尖锐、激烈。

这一天，著名女革命家乌曼诺娃漫步在彼得堡的涅夫斯基大街上。

她以诗人的灵敏明显地感觉到一场革命风暴即将来临。她按捺不住一个布尔什维克诗人的兴奋心情，一首动人心弦的新诗篇在她心中酝酿着。

她走到街中间一个空场上，只见一些人围着一个妖冶的女人，那女人头戴小帽，手提钱袋，两个明显的乌眼圈里闪着一双狡黠的小眼睛，两片薄嘴唇迅速地动着，一种尖溜溜的声音正是从那里发出的。

乌曼诺娃好奇地走上去，一听，才知道她正用荒谬的谣言诬蔑布尔什维克。她用仇恨而又得意的口气说："布尔什维克是一群强盗、土匪，他们到处杀人、放火、抢女人……"

遇到这种事情，要乌曼诺娃悄悄地走过去，不管不问，无论如何是办不到的。她灵机一动，当即用她那有力的双手拨开人群，径直向那个女人走去，边走边高声说：

"抓住她！她昨天把我的钱袋偷跑了！"

这实在太突然了。那女人惊慌失措地争辩道："你是说哪儿的话！你搞错了吧？"

乌曼诺娃非常肯定地说："没有，没有错！正是你，偷走了我25个

卢布。"乌曼诺娃运用她敏锐的观察力，转身对周围的人说："正是她，戴着绣黄花的小帽，右嘴角有一个小黑痣，偷了我25个卢布。"

听了这话，围着那女人的人们哄然发出讥笑声，有人吹起了尖厉的口哨，纷纷四散而去。

那女人满脸怒容，似乎一时又想不出解脱困境的办法，她知道面前这个女人是不好对付的，只好说："我的上帝！你瞧瞧我吧，我可真是头一回看见你呀！我什么时候偷过你的钱？"

"是头一回看见吗？"

"上帝！千真万确，我可是第一次看见你这样的人！"

"可不是吗，尊敬的太太！"乌曼诺娃回答说，"你才头一回看见一个布尔什维克，可是你已经在那里大谈特谈布尔什维克的坏话了，布尔什维克站到你面前你也不认识，布尔什维克却熟悉你，连你的灵魂也知道得一清二楚，尊敬的太太。"

说到这里，乌曼诺娃转身走开了，走了几步，又回头对那个女人说："我劝你回家的时候，可别拿自己的女厨子出气！"

那个女人狼狈不堪地站在那里，动着薄嘴唇，还在嘟囔着什么，可是再没有一个人理睬她了。

成长课堂

对于信口雌黄的人，一定要给她一个最大的教训，那就是当场揭穿她的谎言，乌曼诺娃首先用她自己的方法，让周围的人对那个女人失去了信任，之后再揭发那个女人的不对，这种办法才是让那个女人张口结舌的最佳办法呢。

优秀女孩宣言

对什么样的人说什么样的话，做一个聪明睿智的人。

茶中的
秘密

　　这是一个漆黑的夜晚，所有的人都休息了，但是在这座森严的府邸之中，却还有一个房间亮着灯，这就是大奸臣严嵩的房间，他在做什么呢？

　　奸臣严嵩连夜写着奏折，编织罗洪先的罪名，准备早朝时在皇帝面前说他的坏话，治他的罪。罗洪先是什么人呢？原来他还是严嵩的亲戚呢——罗洪先是严嵩的亲家，这时还蒙在鼓里。

　　终于，严嵩的秘密被他的女儿发现了，爹爹这次要整倒的正是她的公公，这怎能不让她着急呢？严嵩虽然是历史上有名的大奸臣，但是他的女儿却和他不一样，她是一位贤良淑德的好女子，嫁到罗家之后，一直孝顺公婆，被周围的人所称赞。而这一次，她正好回娘家，却没有想到遇到了这样的事情。

　　她有心给自己的公公通风报信，可是严府家法森严，即使做女儿的也不能随便行动，更不要说去通风报信了。情急生智，她让丫环给公公送一杯茶，再三嘱咐说："务必请我公公体会这茶的意思。"

　　罗洪先这时还没有睡，他见儿媳妇派丫环送茶，心里已是疑惑，夜半三更的还送茶水干什么呢？打开茶碗一看，只见水面浮着两颗红枣和一撮茴香，更是疑惑。这种茶从来就没有人泡过啊，谁会把茴香用来泡茶呢？那苦涩的味道还真是难以下咽。

　　罗洪先亦是个官场人物，不过为人正直。听到儿媳带来言语要好好体会茶中之味，这倒引起了他的警觉。联想到今晚在严嵩举行的宴会上，一些奉承拍马的人都在一个劲地颂扬严嵩用巨鱼骨头当栋梁新造的客厅，自己听不进去，力排众议，当着客人的面批评客厅造得过于豪华和浪费，严嵩当场就沉下脸来。

　　想起那个场面，当时并没有多加注意的罗洪先这才开始后怕，他觉得自己是不是已经得罪了这个亲家公了，虽然是亲戚，但是难保他不会对自己下毒手啊。

162

也许，这位心地狭窄、报复成性的家伙，正在打自己的主意吧。他想到这里，再看看茶杯中那两颗血红的枣子和一撮茴香，顿时悟出它的含义来，莫不是儿媳已

理想职业之优雅瑜伽教练

瑜伽起源于印度，通过内在气息调整、身体韧性调节达到健康的效果。瑜伽教练可以在熟练掌握动作、气息要领之后，引导他人练习。女孩的柔韧度较男孩好，在形体舒展上能带给人更多美感，这种练习也能提升女孩的气质形象。随着现代人健身观念的转变，各种大大小小的健身场所如雨后春笋般开遍各个大中城市，市场前景广阔。

经得到信息，暗示我早(枣)早(枣)回(茴)乡(香)，逃离这是非之地吧！

罗洪先不觉惊出一身冷汗来，再也不敢上床入睡，第二天拂晓，就骑着快马急奔故乡。严嵩看见亲家已走，在皇帝面前告状的事只得作罢。从此以后，这两位亲家再也没有往来。

成长课堂

机智不仅可以表达出巧妙的思维，更可以在危急的时刻做到力挽狂澜。在严密监视之下依然可以传递出去消息，是严女非同寻常的智慧之举，也正是这个巧妙的信号让罗洪先逃出了奸臣的魔掌。

优秀女孩宣言

危急时刻不能慌张，我要冷静机智地面对，寻思策略。

捉拿 小偷

奥黛丽从小就天资过人，少年时在家乡威斯特摩兰做了一些事被人们广泛地传颂着。

有一次，奥黛丽的邻居失窃，损失了许多衣服和粮食。村长召集村民开会，大家你一言我一语讨论了好久也想不出一个破案的办法来。奥黛丽把村长拉到一旁悄悄说："从偷窃的东西和时间来看，小偷一定还没出本村。"

村长说："你有什么办法破案呢？"

奥黛丽说："有。您只要如此这般就行了。"

晚上，村长将村民们召集到麦场上，说是听奥黛丽讲故事。那晚，月光皎洁，星星晶亮。奥黛丽开讲道："黄蜂是上帝的特使，它有一双亮晶晶的大眼睛，能够辨别人间的真伪、善恶，乘着朦胧的月光飞向人间……"

奥黛丽忽然停了一下，猛然大声喊道："哎，小偷就是他，就是他！他偷了普斯特大叔的东西，黄蜂正在他帽子上兜转转，要落下来了，落下来了！"

人们纷扰起来，一个个扭头相望着。那个做贼心虚的小偷不知是计，心急慌忙伸出手想把帽子上的黄蜂挥开。其实，哪有什么黄蜂！奥黛丽大喝一声："小偷就是他！"小偷想抵赖也抵赖不了，只得认罪。

这件事一传十，十传百，很快使奥黛丽成了当地的小名人。

不久，村里有一匹马给人偷走了。失主找来找去找不到，便来向奥黛丽求助。

奥黛丽很热心，便同失主一齐赶到集市上。果然，在牲口市场上很快认出了那匹白马。失主赶上前去抓住小偷的衣襟，抓住缰绳，去找警察评理。可是小偷嘴巴很硬，反而说失主是诬赖好人，讹诈白马，因为这牲畜他自

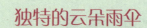

家喂养多年了。

奥黛丽突然用小手将马眼捂住，问小偷道："你说这马不是你偷的，是你自家的，那你说，马的哪只眼睛有毛病？"

小偷被问得愣住了，可他很快改变了窘态，回答道："左眼！？"

奥黛丽把手挪开一点，白马的左眼亮闪闪，蛮好，一点病也没有。

小偷急中生智，改口道："我记错了，是右眼！"

奥黛丽将手全部挪开，白马的右眼也是亮闪闪的，蛮好，一点毛病也没有。

脸色灰白的小偷看到这个情形，无话可说，警察把他押到法庭上去了。村民们簇拥着聪明的奥黛丽，被她的机智所折服，他们为她欢呼鼓掌，都叫她"聪明的小仙女"。

成长课堂

对那些做了错事的人，揭发要不留情面，更要用聪明才智让他们的面目尽快被人们看穿，这需要非凡的智慧，但是只要我们动用自己的大脑，就一定可以想出好的办法来。

优秀女孩宣言

动用我的大脑，做一个聪明的女孩。

巧取 九龙杯

黄浦江上，最后一抹晚霞慢慢消失了，华灯初上的上海，像长江巨龙口中含着的一颗明珠，闪射着夺目的光彩。

这时，在一家著名的饭店里，隆重的宴会开始了。有十几位外宾明天就要离开上海回国。丰盛的宴席就是为欢送他们准备的。宴会厅里，灯火辉煌，喜气洋洋，宾主不断举杯话别。

有一位中等身材、胖瘦适中的外宾，对这热烈友好的气氛似乎并不感兴趣，他的注意力倒被面前的酒杯吸引住了：那酒杯名叫九龙杯，上面雕刻着九条飞龙，尖齿利爪，片片鳞甲，刻得细致清晰。龙口里含着金珠，斟酒入杯，金珠闪闪滚动，使人觉得仿佛龙在游动，那位外宾看得入迷了，并想把那酒杯窃为己有。

这个念头一产生，他心虚地看了看周围，像是怕人窥到他心中的秘密似的。当发觉没什么异常现象时，他突然变得格外热情而豪放了。边喝酒，边两手比比划划地谈论着什么。酒过三巡，他装出醉意朦胧的样子，瞅准机会，顺手把一只九龙杯塞进了他的公文皮包里。

他的举动被一个女服务员看到了。她立即把这情况告诉了饭店经理。

"直接到他皮包里去翻是不行的，他会提出抗议，造成很坏的影响。"经理说。

"想法把他引开，再悄悄地从他皮包里把九龙杯拿出来。"女服务员说。

"在这个时候，他一时一刻也不会让皮包离开他身边的。"经理微皱眉头，感到问题棘手。大家沉默了，一时想不出更好的办法。经理立即把情况反映给他们的女总裁谢瑞芬女士。

谢瑞芬听后，两眼闪出严厉的光芒，说："九龙杯是国家的宝贝，一套是三十六只，想拿走一只，是绝对不允许的！一定要追回来，而且要有礼貌地、不伤感情地追回来。"谢瑞芬略一思索，问："今天晚上为外宾安排了什么活动？""宴会结束后去看杂技表演。"经理说。谢瑞芬一听笑了，说："这不就很好吗，让他们来欣赏一下中国杂技的奥妙。"说完，一一做了安排。

上海杂技场里一千多名观众完全被精彩的表演吸引住了。特别是坐在前排的外宾们，惊异得不断交头接耳。最后一个节目是魔术。一位高个子魔术师颇有风度地走到台前，轻轻咳嗽一声，便从口袋里拿出一方白手帕，擦擦嘴巴，抹抹鼻子，双手又搓了两下，洁白的手帕变得无影无踪了。与此同时，有两位女演员把一个方桌放在台中央，桌上放了三只九龙杯。

高个子魔术师走到桌旁，把三只九龙杯逐个拿给观众看，还轻轻地敲两下，发出清脆的声响，说明这九龙杯不是假的。然后拿一块方布把九龙杯盖住。魔术师走开几步，从裤袋里掏出一只手枪，高高举起，"啪"放了一枪。再掀去方布一看，桌上的九龙杯只剩下了两只。

另一只九龙杯哪去了呢？正当观众感到奇怪的时候，魔术师走下台子，到了前排外宾席前，向着那位拿了九龙杯的外宾深深鞠了个躬，并请求他把公文皮包打开。那位外宾虽然有些迟疑，但也不得不打开。魔术师从他皮包里拿出了那只九龙杯，举给观众看。

顿时，杂技场里响起了一片经久不息的掌声。

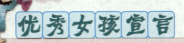

成长课堂

　　用一个巧妙的办法取回了国宝，同时也让外宾不至于尴尬，这种办法是用充满智慧的大脑想出来的。在两全其美的情况之下，既让对方明白自己做错了什么，又不至于让他下不来台。

优秀女孩宣言

　　用巧妙的大脑化解难题，我也可以做到。

读了这么多精彩的故事,和故事中的主人公比起来,你觉得自己能成为一个聪明机智的女孩吗?不妨来训练营锻炼一下自己吧!

妙解难题

从前有一个长工帮一家财主做工,快到年底了,这个长工就去跟财主要他一年的工钱。财主说:"要钱可以,但是你必须给我办三件事。如果你办到了,我多给你一年的工钱,办不到,我一天的工钱也不给你。"

"是什么样的三件事?""第一,要你买来像山一样重的一头牛;第二,要你买来能够遮住天的一匹布;第三嘛,要你买来像河里的水一样多的酒。"长工听了后,只得叹着气回家去了。

长工回家后整天一声不响,只叹气。他的媳妇叫他吃饭,他也不吃,媳妇问他道:"你整天不说话,不吃饭,心里有什么事,说出来我们好好商量嘛。"长工就把心事说给了媳妇听。

你知道这个聪明的媳妇是怎么化解这个难题的吗?

答案在38页

《丑小鸭也会变成白天鹅》答案:

但日子还得过,为了不被饿死,女孩不得不再一次出售自己的作品。这次女孩换了一种方式,她站在路口自信地说:"这是我最得意的作品。如果哪位能说出这幅画的妙笔,我会把这幅画便宜两成卖给他。"

这一招果然灵验,路人纷纷说出自己最为欣赏的一笔,并要求买下这幅画。结果人人都要买这幅画,好不热闹。女孩又想出一妙计,大声说道:"既然大家都愿意买这幅画,我只好把它卖给出价最高的人。"最后这幅画以原来的几倍价钱被一位收藏家买走。

从此以后,女孩逐渐自信起来,原来自己画的画并非像自己所想象的那样差。

第十章

谦虚谨慎的女孩最能赢得赏识

以前的我

我和同学一起在小区树荫下做作业。

我最先做完作业。

现在的我

我最先做完，并关心同学的作业。

我对同学们说："做完了我们可以互相检查一下。"

让女孩拥有美好性格的 62 个故事

◀ 以前的我

一个人走在回家的路上，陌生叔叔要送给我糖果。

有好吃的不要，那才傻呢！

我欣然接受，并和叔叔一起走。

◀ 现在的我

谢谢叔叔，我不喜欢吃糖。

我拒绝陌生人的糖果。

刚才那个叔叔一定是骗小孩的。

我迅速走上公交汽车。

以前的我

老师在班上表扬我学习成绩进步很大。

看来就是不怎么努力也可以很优秀的。

我在座位上沾沾自喜。

现在的我

老师的表扬是鼓励,让我更有信心去面对学习上的困难。

让自己成为一个优秀女孩

我把"让自己成为一个优秀女孩"作为奋斗目标来勉励自己。

让女孩拥有美好性格的 62个 故事

▶ 以前的我

在超市，妈妈背着挎包挑选商品。

我一个人蹦蹦跳跳走在妈妈前面。

◀ 现在的我

妈妈，超市人多，看好你的包。

我提醒妈妈看好包。

我走在妈妈背包的一方。

我的成长计划书

谦虚谨慎的女孩最能赢得赏识

他们总觉得自己还有很多的题目不会做，还有很多的知识没有读懂，这促使他们更进一步去求知、去探索那些自己还不知道的东西，其结果就是他们变得更加优秀了！我也要学习他们这种生活态度真诚地向老师、同学请教，谨慎地思索自己所学到的知识，用谦虚的态度去学习，做一个谦虚谨慎的优秀女孩。

1. 解出难题后，我不能因骄傲而停步，告诉自己还有很多问题等我解决。

2. 把自己遇到的某一方面问题做一个"问题本"，这样可以更集中地解决问题。

3. 受到表扬只是因为我学到了一些知识，我应该运用这些知识做得更好。

4. 不能着急给一件事情下结论，我一定要找到更加充分的证据。

5. 对于书本中的某些知识不能全盘相信，要经过深思熟虑后批判地接受它。

6. 不懂装懂是最不应该的，遇到不懂的问题要敢于承认并虚心请教。

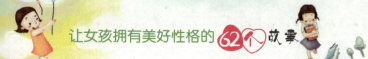

只因一个马掌钉

异常激烈的赛马比赛就要开始了，因为有很多人都会在比赛前投注，所以这场比赛的关注度非常高。这场比赛中有最为著名的一位骑手，一位女骑手，她就是凯莉，在这次比赛中很多人都投注在她身上，赌她赢得比赛。凭着丰富的经验，凯莉也对自己充满了信心。

比赛那日的早上，凯莉派了一个马夫去准备自己最喜欢的战马。

"快点给它钉掌，"马夫对铁匠说，"凯莉希望骑着它打头阵。"

"你得等等，"铁匠回答，"我前几天给凯莉全部的马都钉了掌，现在我得找点儿铁片来。"

"我等不及了。"马夫不耐烦地叫道，"凯莉马上就要去比赛了，我们必须在赛场上迎击对手，有什么你就用什么吧。"

铁匠埋头干活，从一根铁条上弄下3个马掌，把它们砸平、整形，固定在马蹄上，然后开始钉钉子。钉了三个掌后，他发现没有钉子来钉第四个掌了。

"我需要一两个钉子，"他说，"得需要点儿时间砸出两个。"

"我告诉过你我等不及了，"马夫急切地说，"我听见军号了，你能不能凑合？"

"我能把马掌钉上，但是不能像其他几个那么牢靠。"

"能不能挂住？"马夫问。

"应该能，"铁匠回答，"但我没把握。我觉得我们必须谨慎一些在这件事上，不然会酿成大祸的。"

"但是，时间来不及了伙计。"马夫叫道，"你的速度必须要快点，要不然凯莉会怪到咱们俩头上的。"

当马夫给她的马做了马掌之后，凯莉并没有去检查那匹马，她以为自己的马已经被准备好了，所以不用她再浪费时间。

比赛开始了，凯莉的速度不可抵挡，她一直飞奔在第一梯队中，"冲啊，冲啊！"观众们都非常激动地大喊着。凯莉骑着马，对胜利充满了信心。但是就在胜利在望的时候，一只马掌掉了，马跌翻在地，凯莉也被掀在地上。

凯莉还没有再抓住缰绳，惊恐的马就跳起来逃走了。凯莉环顾四周，她的对手们已经飞奔着从她的身边跑过去了。

凯莉愤怒地朝空中大喊着，"马！"她喊道，"一匹马，我的胜利就败坏在一个马掌钉上。"

等下了赛场，大家都非常关切地寻找原因，凯莉颓丧地坐在那里，她说："只怪我开始的时候不够谨慎，才会在一个马掌钉上失败，所以如果要怪，就怪我自己吧。"

成长课堂

只是因为一点失误，就失去了比赛的冠军，做一个谨慎的人看来是生活中各个方面都需要的，这种品质会让我们抓牢身边的每一个机会，而不是眼睁睁地看着它溜走。

优秀女孩宣言

做一个谨慎的人，就不会错过机会。

向农妇请教的画家

有一位女画家以擅长画各种动物而出名，她的画作在各个拍卖会上都是很热的作品，被很多收藏家收藏。

有一次，女画家去乡下写生，很多记者都追随在她的身后，希望可以拍下这位著名的画家作画的情景，他们想知道女画家的灵感都是从哪儿来的。

女画家来到农家，她在田间支起画架，慢慢地描摹着自己心目中的田园风光，在这风光里自然少不了她所钟爱的各种动物，有水牛，有羊，有鸟，也有鸭子。

正当女画家沉浸在自己的创作中，而记者们也都被她的技艺所折服的时候，有一个农妇正好路过这里，她看到这些人都在这里看一个女人作画，就好奇地走过来看。

女画家正在画一只鸭子，农妇看到后，忍不住笑了出来。

所有人都惊异地回头看着这个农妇，他们不知道她为什么发笑，而这么著名

的女画家在眼前，她居然还敢笑，这到底是什么意思呢？大家都很好奇。

女画家停下来笔，微笑着对农妇说："请问，您为什么发笑呢？发生什么可笑的事情了吗？"她虽然觉得不可思议，但是她想这位农妇肯定有她笑的原因。

农妇见女画家问她，就走过去指着她的画说："我笑，是因为你画得不好。"

这句话就好像一颗石子投进了湖心，激起了层层的波澜，大家都诧异地睁大了眼睛。一个农妇居然敢说大名鼎鼎的画家画得不好，而且是当着这么多人的面。真是好大的胆子啊。而当众被指出错误的画家肯定会觉得没面子而生气的。

但是女画家没有因此而生气，她问农妇，"您能告诉我为什么这么说吗？"

农妇指着画中的鸭子，对她说："您这幅画里的鸭子画错了。您画的是麻鸭，雌麻鸭尾巴哪有那么长的？"

女作家一愣，农妇接着说："雄麻鸭羽毛鲜艳，有的尾巴卷曲；雌麻鸭毛为麻褐色，尾巴是很短的。"

原来是这样。

女画家不由得自己也笑了起来，说："您说得对，我确实是画错了。这可真是不应该啊。"

然后她换掉了画布，提起笔，又开始重新作画，不一会儿，一只活灵活现的鸭子就出现在画布上。她对农妇说："这一次是对的吗？"

农妇笑着说："是的，这一次才对了。"

女画家说："我要感谢您，指出我的错误。为了表达我的歉意，同时也是表达我的感谢，我要把这幅画送给你，希望你一定接受它。"

成长课堂

一个具有高深的艺术修养的画家，她对于别人指出的错误肯定是虚心去接受的，因为如果是一个不虚心的人，又怎么可能达到这么高的艺术修养呢？可见，要成为一个优秀的艺术家，首先要让自己的人品得到提高。

优秀女孩宣言

提升自己的人品，才是获得更高修养的前提。

走好 自己 的第一步

　　刚踏出校门第一次求职的经历，令容貌美丽、青春焕发的她此生难以忘怀。她是会计系会计专业的本科生，专业课门门不懈怠，业余时间还参加了职业经理人培训，获得职业经理人证书。对自己的功底她是相当自信的。

　　她应聘的是一家全国知名的大型国有企业。人事部对她很满意，对她的英语水平和计算机操作能力也很欣赏。十分钟不到财务部经理就来了。她是一位十分瘦削的中年女士，衣着简朴。简单的几句寒暄之后，便转入正题，中年女士说想

考她几个会计科目方面的问题。几个简单的问题，让学会计专业的她不禁有了几分窃喜。

考试极为顺利，对财务部经理提的问题她几乎是不假思索，对答如流，同时旁征博引，援引财政部最新颁布的有关会计法规条令加以佐证和补充。她想用自己渊博的学识来赢得那位经理的赏识。一个小时之后，她被录用了。成功如此之容易，骄傲的情绪自然也就潜滋暗长了。

第四天她就开始上班，财务经理交给她的第一份工作就是据凭证录入原材料明细账。整个过程极为简单，就是一个数字转抄的事情。一千多张凭证她两天就抄完了。她不免有些看轻这份工作，言语之间颇有微词。而财务经理却是一副水波不兴的样子。到第五天开始与总账核对。她惊奇地发现自己竟对不上账，据她所登录的明细金额，二十次三十次地加总，与总账总是对不上。她慌了手脚，一千多笔金额要查出错误可不是一件容易的事，反复核查几次后仍与总账对不上。她开始怀疑是总账有误。

于是，她再一次自信地找到财务经理，用极其肯定的语气告诉她，她没有错，应该是总账错了。财务经理并没有直接回答她的话，只是笑笑说："小姑娘，世上仿佛任何事都是相对的，没有太绝对的吧。"她不以为然，财务经理将她所登录的明细账拿去复核。结果不到10分钟就查出了一笔错误：333965误写成3333965，二者之间相差近十倍。此时，她羞愧满面，无言以对。财务经理当即让她去人事部结账。她苦苦求情，恳请财务经理能原谅她这次无心的过失。而财务经理却言出必行，毫无商量的余地。

临行前，财务经理意外地抽空与她谈了一次心："小姑娘，你很聪明，但人不能聪明得过了头。一开始你就很傲气，但这几天我交给你一个很基本很简单但也很重要的财务工作，旨在考查你对工作的态度，结果你完成得怎么样？照抄你都要抄错，你的能力何在？我本来可以原谅你，但我今天不得不辞退你。我的年龄跟你母亲恐怕也不相上下，正因为如此，我想如果今天不给你一个沉重的打击，你就不能吸取经验教训。请体谅我的良苦用心。你不要怪我，要怪只能怪你没有走好自己的第一步。"

一份年薪6万元人民币的工作就这样惨痛地丢掉了，而且丢得如此窝囊。从公司到家是一段极长的路，平常都是公司的交通车接送她上下班，然而今天，她第一次要从公司走回家，长长的路也让她有长长的时间反思，她为自己错误的第一步付出了昂贵的代价。

成长课堂

　　谦虚谨慎是一种品质，也是人应有的一种态度。骄傲马虎，懒懒散散，往往容易犯下大错。发现错误时，如能及时自省自查，亡羊补牢也犹未晚矣。老人常在我们耳边说，切记要戒骄戒躁，我们一定不能当耳旁风啊。

优秀女孩宣言

　　谨慎做好每一个细节，不让成功溜走。

让女孩拥有美好性格的 62个 故事

猫和谨慎的老鼠

有个寓言家叙述过这样一个故事，讲的是一只十分厉害的猫，它英勇善战，是老鼠的克星。

老鼠见了这只猫，就像看到了地狱里的勾魂鬼，猫所到之处老鼠闻之色变。这只猫发誓要消灭世界上所有的老鼠。与它相比，捕鼠器、灭鼠药等都不值一谈。当它看到老鼠吓得躲在洞里不敢出来觅食时，它就把自己倒吊在房梁上装死，这狡猾的家伙还抓着根绳索。

看它这副可怜相，老鼠还以为它是偷吃了主人的烤肉或奶酪，再不就是抓伤了人或闯了祸，遭到吊起来的惩罚。

于是，所有的老鼠都从洞里出来，准备为它的死亡而庆贺。开始老鼠还只是试探性地伸出鼻子，露出小脑袋，再缩回窝去，渐渐地它们试探着走出来几步，然后伸伸懒腰四处找东西吃了。就在这时，装死的猫复活了，它脚一落地便按住了几只动作迟缓的老鼠。

"我的计谋可多了，"它嘴里塞得满满的还在说，"这是个传家宝，你们藏得再深也无济于事，到头来都只能成为我的腹中之物。"这只老猫真是非同一般的狡猾。

果然应验了预言，看似温和的猫老兄又一次让老鼠上了当。这一次它把全身涂上白粉，连脸上也不例外，打扮收拾停当，它缩成一团藏在一个打开了盖的面包箱内。由于伪装得巧妙，小心翼翼的老鼠又撞到门前来送死了。只有一只曾因从猫口逃生而丢掉了尾巴的老鼠见多识广，足智多谋。"这团面粉再好我也不能要，"它自言自语地远远打量化了装的猫，"我怀疑这里面一定有什么名堂，不要说你装成面粉，你就是装成奶酪，我也不会上你的圈套，你

女孩卡片

意大利·黄瓜节

黄瓜，在意大利是备受欢迎的食物之一，人们专门为它设立了一个节日，那就是每年7月的第一个星期天。在这一天，人们都会冲进蔬菜市场抢购黄瓜，中午，家家户户都要制作以黄瓜为主的各种菜肴，举行丰盛的黄瓜宴，邻里之间会互送黄瓜制作的各种美食，孩子们也会把黄瓜作为礼物送给自己的好朋友。这种风俗尤其在意大利丰迪市最为盛行。

休想。"

　　经历了多次锻炼，这只老鼠开始熟悉这只猫的行为模式，它慢慢地对周围的一切都提高了警惕，开始变得无比谨慎，周围的老鼠都觉得它是被猫给吓坏了，所以变得胆小了，一个个都嘲笑它。但是这只老鼠却不为所动。它依然坚持着自己的原则，一点都不放松对自己的要求。

　　最终这群老鼠几乎都被那只老猫给逮走了，可是只有这只老鼠却一直存活着，因为对它来说，谨慎就是活着的最基本原则。只有谨慎才可以让它躲开猫的爪子，所以它不会放松对自己的要求，更不会放弃谨慎，就算是被嘲笑，也不为所动。

成长课堂

　　对一只老鼠来说，谨慎是让它存活下来的唯一理由，而对于一只猫来说，谨慎是让它抓到老鼠的唯一方法，所以，这只猫和这只老鼠就是这样在较量着谁更谨慎，谁可以做得更好。而较量的结果就是延长自己的生命。

优秀女孩宣言

　　虽然不至于因为不谨慎而失去生命，但如果谨慎一些，我会得到很多。

读了这么多精彩的故事，和故事中的主人公比起来，你觉得自己能成为一个谦虚谨慎的女孩吗？不妨来训练营锻炼一下自己吧！

谦虚让她更优秀

在我们班的同学中，数学成绩最优秀的要算蔡飞雨同学了，她参加数学奥林匹克大赛曾拿到很好的成绩。可是，在课堂上，她却是一个问题最多的"问题女孩"。

老师对于蔡飞雨的问题总是耐心地解答，但是有时候，连我们都懂的问题蔡飞雨也要多问几个"为什么"，这一点让我们很疑惑，难道她真的有那么多地方不明白吗？那为什么她的成绩那么好呢？

同学们，你知道这是什么原因吗？

答案在18页

《一次被拒绝的演讲》答案：

在大家的不断追问下，谢雨绮才对我们说，原来赞助这次比赛的企业家的女儿也是我们学校的，而且据说已经被内定为这次比赛的冠军了。

听到这个消息，我们都觉得她做得很对，大家都赞成她退赛。但是，过了不久，校长来到我们班，告诉谢雨绮：虽然那位企业家的女儿也在比赛之中，可是企业家要求我们学校一定要公正，在决赛的时候，他本人也要作为裁判，来为每个参赛者打分。所以希望谢雨绮回去参加比赛。

在决赛的时候，企业家果然来了，他为谢雨绮打出了全场最高分，对他女儿却打了一个中等分数。谢雨绮最后获得了演讲比赛的冠军。在颁发奖状的时候，这位企业家说："谢雨绮不仅是一个演讲优秀的女孩，更是一个自尊自爱的女孩，她是我们所有人学习的榜样！"